사랑해요 엄마

사랑해요 엄마

세상의 가장자리를 밝히는 22인의 가슴 따뜻한 이야기

오정희·김용택 외 지음

마음의숲

가족의 소중함, 엄마의 따뜻함, 행복한 추억을
더 많은 사람과 나누기 위해 만들어진 책입니다.
시인, 소설가, 기자, 교수, 배우, 화가, 인형작가, 동화작가,
요리연구가, 기업 CEO, 외교관까지!
세상의 가장자리를 밝히는
22인의 가슴 따뜻한 이야기를 시작합니다.

목 차

어머니, 나의 처음 세상

오 정 희

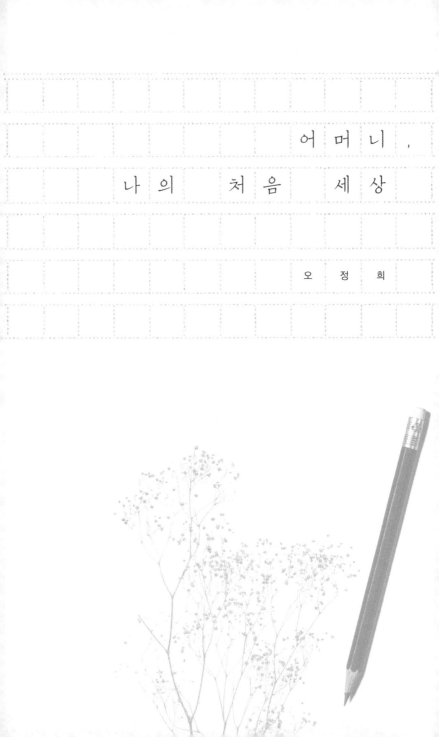

오정희

올해로 데뷔 49년을 맞은 한국 현대문학의 대표 소설가 오정희는 서라벌예술대학 문예창작과(현 중앙대학교)를 졸업했고, 1968년 중앙일보 신춘문예에 소설이 당선되어 문단에 데뷔했다. 펴낸 책으로는 《불의 강》《유년의 뜰》《바람의 넋》《불꽃놀이》《새》 등이 있다. 이상문학상, 동인문학상, 동서문학상, 오영수문학상, 불교문학상 등을 수상했으며 한국인 최초로 해외문학상인 리베라투르 상을 받아 현대문학사에 커다란 족적을 남겼다.

일상적인 일들을 해나가는 중에 혹은 한밤중 잠이 깨었을 때 나는 무심결에 "엄마?" 하고 불러보는 일이 잦다. "도대체 어디 계신 거예요?" 덧붙여 묻기도 한다. 그러면 이상하게 사위는 한층 적막하고 조용해진다. 내 마음 안의 그리움이 빚어낸 세상의 침묵일 것이다. 간혹 혼자 길을 걷다가 '엄마' 하고 부르면 세상의 잡답과 풍경을 바라보는 눈이 고즈넉해지기도 한다.

구십칠 세로 세상을 떠나신 어머니는 말년을 요양병원에서 지내셨다. 다른 지방에 살고 있는 나는 한 달에 두 번 정도 어머니를 뵈러 다녔다. 그때마다 죄책감과 부채감과 부끄러움이라는 복잡한 감정으로 마음 한편이 무겁기도 하였다. 가족들 속에 있고 싶다는 (아버지는 이미 오래전에 세상을 떠나셨으니 엄마에게 가족이란 '자식들'이다) 엄마의 소망을 알고 있기에 더욱 그러했다.

어머니를 만날 때마다 정신적 육신적 노쇠함과 더불어 역시 심신의 변화와 변모가 뚜렷이 보였다. 그것을 느끼고 알아채는 마음은 마치 마지막을 향해 가물가물 잦아드는 촛불을 보는 듯한 안타까움이기도 하였다. 이러한 한 번 한 번의 만남이 바로 작별의 의식이리라. 나날이 세상일에 무감각해지고 멀어지며 당신의 자리를 좁히는 어머니를 보면서 고달프고 힘겨웠던 일생이지만 그래도 지난날이 얼마나 좋았던가를 새삼 느끼곤 했다.

당신 자신은 아직 충분히 젊고 아이들은 여름날의 미루나무처럼 나날이 싱싱하게 자라던 시절, 그 어려움과 고달픔이 모두 희망의 다른 이름이었으니.

세상에서의 입지가 줄어드는 것처럼 어머니는 나날이 몸피가 줄고 뇌세포도 줄어 그 풍부함을 자랑하던 말과 기억을 잊는 것으로 점차 이 세상으로부터, 가까운 사람들로부터 멀어지셨다. 자연스러운 현상일 것이다. 그러나 나는 때때로, 어느 한 시기 나의 전 세계이고 절대적 의존처이고 세상에서 가장 아름답고 완벽한 존재였던 어머니의 변화에 어리둥절해지기도 했다. 사람들로부터 '어휘의 여왕'이라는 별명을 얻을 정도였던 어머니가 잊고 잃은 말 중에 대표적인 것이 '후담에'였다. 아마도 더 이상 바라보고 기대할 내일이 남아있지 않다는 확실한 자각의 표시가 아니었을까.

우리가 자랄 때 어머니는 언제나 이야기 끝에, 한숨 끝에 '후담에, 후담에'라는 토를 다셨다. 한국전쟁을 겪으며 피난살이의 혹심한 생활고로 끼니를 거를 때에도, 설빔을 못 얻어 입은 아이들을 달랠 때에도, 허기를 채우느라 남의 집 밭의 무를 뽑아 먹은 아이들을 회초리로 다스리고 나서도, 양말을 못 신어 종아리가 발갛게 언 아이들을 아궁이 불 앞에 앉혀 몸을 녹여주실 때에도 그랬다. "후담에, 후담에 배불리 먹고 따뜻한 옷을 입어야지".

'후담에'란 '훗날'과 '이다음에'의 합성어일 것이다. 이 어려운 시절을 웃음으로 돌아볼, 여유 있고 행복하고 평안한 날들이 있으리라는, 즉 옛말하며 살 날이 있으리라는 말씀이셨다. 아이들 역시 '후담에' 공부 잘하고 돈 많이 벌어 엄마에게 예쁜 옷을 사주고 고깃국에 흰쌀밥을 잡숫게 해드리겠다고, 또 훌륭한 사람이 되어 부모를 호강시키고 기쁘게 해드리겠다고 약속했다. 희망과 소망과 기대, 그리고 고달픈 삶에의 위로였던 바로 그 '후담에' 어머니는 가족을 떠나 노인요양병원이라는 낯선 공동체에서 모르는 사람들의 손에 당신의 삶을 맡기고 계신 것이다.

어머니가 돌아가시고 나면, 죄책감과 회한으로 울게 되리라는 것을 알면서도 자식들은 간절하게 끌어당기는 어머니의 눈빛을 짐짓 모른 체하면서 어머니의 뺨을 어루만지고 "곧 또 올게요" 명랑하게 손 흔들며 떠나오곤 했었다.

인정하고 싶지 않은 것이지만 뵈러갈 때마다 어머니의 모습이 조금씩 낯설어졌다. 요양병원 노인네들은 환자복과 비슷비슷한 머리 모양(효율적이고 위생적인 관리를 위해 짧게 자른 백발)으로 용모나 성별의 차이도 거의 느껴지지 않는다. 얼굴의 생김새나 체형 노소 여부로 미추와 특성을 가리는 우리들의 눈을 비웃기라도 하듯 인생의 끝에 이를수록 모두 비슷해진다. 어쩌면 그것이 우리들의 본연의 모습일 것이다. 신생아들의 얼굴 역시 구별하기 어렵게 비슷하지 않은가.

어머니에게도 한평생 가족이라는 이름으로 인연 지어진 우리가 낯설어지기는 마찬가지였던 것 같다. 가끔은 선잠

깬 어린아이처럼 '여기가 어디고 당신들은 누구인가' 하는 듯한 낯설고 어리둥절해하는 어머니의 눈길에 황망해지기도 했다. 꿈과 생시, 이승과 저승, 나와 남, 과거와 현재의 경계를 허물어가고 어딘가 우리는 알지 못하고 보지 못하는 세계를 넘나들고 있는 듯한 어머니의 눈에는 우리의 허둥대는 생활, 궁색한 변명들이 구차하고 비루해 보이기도 했으리라.

어머니가 기동을 하실 수 있다면 아주 가볍고 부드러운 질감의 예쁜 옷을 사드리고, 최고급의 식당에서 어느 여왕 못지않은 대접을 받으며 멋진 식사를 하는 호사를 시켜드리고 싶었다. 나 자신 호의호식에 별다른 의미를 부여하지 않고 살아왔지만 어머니에게는 한번쯤 그러한 사치를 누리게 하고 싶다는 허영심이 있었다.

그러나 그 야무진 계획을 실행하기 전에 어머니는 거동을 할 수 없는 몸이 되어 사시사철 똑같은 환자복을 면할 수 없고, 미각과 소화기관은 밍밍하고 멀건 죽밖에는 받아들일 수 없게 되었다. 이러한 어긋남과 때늦음이 부모와 자식이란 숙명의 본질인가, 쓸쓸해지기도 했다.

마지막까지 맑은 정신을 놓지 않으셨지만 어머니는 내가

가까이 가도 모른 채 가만히 천장을 올려다보고 누워계신 때가 많았다. 무슨 생각에 골똘히 잠겨있거나 내 눈에는 보이지 않는 저 너머의 세계를 바라보고 있는 듯한 모습이었다. 여느 때와 다름없이 침대에 누워계시지만 왠지 이미 우리 곁을 떠나고 있는 듯한 서늘한 느낌 때문에 무슨 생각을 하시는가 묻지를 못했었다.

머지않은 어느 날 어느 시각 느닷없이 전화벨이 울리고 어머니가 세상을 떠나셨다는 소식을 듣겠지. 언젠가는 닥칠 일이라고 알고는 있었으나 또한 언제나 돌연하고 충격적이기 마련인 소식에 멍해지면서 인생의 한고비를 이렇게 또 넘어가는구나 생각할 것이고, 여전히 빛나는 태양과 바람, 변함없이 되풀이되는 일상에의 낯섦과 살아있다는 것에의 비현실감으로 잠시 휘청거리겠지, 생각했다.

그리고 예정된 수순대로 일은 그렇게 되었다. 외국에 나가있는 동안 어머니는 돌아가셨고, 나는 임종도 장례참례도 못한 불효자가 되었다.

어머니가 돌아가시고 난 후 그저 그런 자식일 뿐이었던 나는 후회와 회한으로 많이 괴로웠다. 자식은 부모가 세상

"나의 가장 처음 방, 우리 엄마 '고숙녀' 여사와 함께."

을 떠난 다음에야 철이 든다는 옛말처럼 한 인간으로서, 여성으로서, 어미와 아내로 살아오신 어머니의 생이 비로소 보였다. 무지하고 무심해서, 자식이라는 특권의 횡포를 부리느라, 이기심 때문에 등등의 여러 이유로 슬픔과 상처와 아픔을 주었던 일에 대해 용서를 청할 염치도 없었다. 호젓한 산책길에서 기도도 푸념도 아닌 혼잣말을 중얼중얼 풀어내다보면 내 안에선가 내 밖에선가 종잡을 수 없이 어머니의 음성이 들려오기도 했다.

"얘야, 네가 엄마에 대해 갖고 있는 따뜻한 감정과 정다운 기억으로 족하지 않느냐, 돌이킬 수 없는 날들에 대한 자책으로 자신을 괴롭히지 마라. 나는 네 마음 안의 방에서 행복하단다." 그것은 어쩌면 훗날 나 세상 떠난 후 남겨진 내 자식들에게 내가 들려주고 싶은 말, 마음의 메아리인지도 모른다.

어머니. 나의 원년, 내 근원, 따뜻하고 둥글고 아늑한 나의 가장 처음 방, 세상과의 첫 눈 맞춤, 나의 최초의 언어—내 존재의 비롯됨으로부터 모든 '첫'을 이르는 것.

어머니를 잃은 내게 내가 태어나던 순간과 아기였을 때를 말해줄 사람은 이 세상에 아무도 없다. 내가 얼마나 예쁜 아기였는지 무어라 첫말을 했는지 어떻게 세상 속으로 첫발을 떼었는지 기억하고 말해줄 사람이 없어진다는 것은 한 세계의 사라짐이다.

아무리 나이를 먹어도 부모를 잃은 자는 고아가 된다. 그래서 백발을 머리에 인 칠순의 늙은 딸은 돌아가신 엄마가 다만 그립고 정답고 마음 아파 때 없이 "엄마, 엄마?" 영혼의 모음을 읊조리는 것이다.

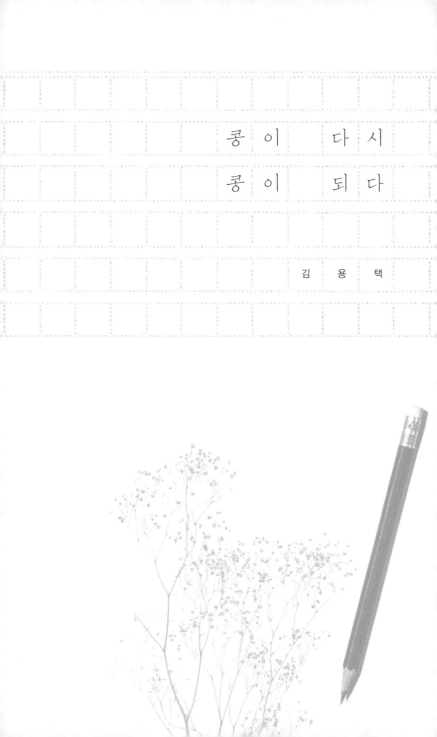

콩이 다시

콩이 되다

김용택

김용택

자신의 모교 임실운암초등학교 마암분교에서 아이들을 가르치며 시를 썼고, 섬진강
연작으로 유명하여 '섬진강 시인'이라고 불린다. 시집으로《섬진강》《맑은 날》《누이
야 날이 저문다》《그 여자네 집》《그래서 당신》등이 있고, 산문집으로《작은 마을》
《그리운 것들은 산 뒤에 있다》《섬진강 이야기》등이 있다. 김수영문학상, 소월시문학
상, 윤동주문학대상을 수상하였다.

콩타작을 하였다

콩들이 마당으로 콩콩 뛰어나와

또르르 또르르 굴러간다

콩 잡아라 콩 잡아라

굴러가는 저 콩 잡아라

콩 잡으러 가는데

어, 어, 저 콩 좀 봐라

쥐구멍으로 쏙 들어가네

콩, 너는 죽었다

— 김용택 〈콩, 너는 죽었다〉 전문

이 시를 아이들을 가르치는 교실 벽 뒤에 붙여놨습니다. 박완서 선생님이 오셔서 이 시를 보시더니 이렇게 말씀하셨습니다. "김 선생 이리 와봐요. 이놈은 진짜 시를 잘 쓰네. 나중에 커서 훌륭한 시인이 되겠어요." "근데요 선생님, 그 시는 제 십니다."

어느 날 가을에 퇴근하고 집에 갔더니 어머니께서 막대기로 콩타작을 하고 계셨습니다. 막대기로 콩을 툭툭 때리니, 콩들이 톡톡 튀어 올라 또르르 굴러가는 겁니다. 저는 콩을 따라가며 주워 담고 또 또르르르 굴러가면 따라가 주워 담고 있었습니다. 그때 콩 하나가 또르르 굴러가더니, 조그만 구멍으로 쏙 들어가는 거예요. 저도 보고 어머니도 봤습니다. 그때 어머니께서 "용택아, 콩 저건 인자 죽었다" 하십니다. 저는 얼른 방으로 들어가서 〈콩, 너는 죽었다〉는 시를 썼습니다.

시를 쓰는 일은 뼈를 깎는 아픔과 피를 말리는 고통이 뒤따른다고 말합니다. 저는 어머니를 따라다니면서 어머니가 하시는 말씀, 어머니가 하시는 행동, 어머니가 하시는 일들을 보고 시를 썼기 때문에 다른 시인들처럼 뼈를 깎는 아픔과 피를 토하는 고통은 없었습니다. 어머니와 자연이 말하는 것을 받아쓰셨을 뿐입니다.

그렇다고 저희 어머니가 절대 특별한 분이 아닙니다. 다른 어머니들이랑 똑같습니다. 평범한 분이십니다. 누구나 다 자기 어머니니까 특별할 뿐이지요. 저희 어머니는 제가 어렸을 때 이런 말씀을 자주하셨습니다. "사람이 그러면 못쓴다. 사람이 그러면 쓰간디. 용택아 그러면 안 돼제." 늘 사람이 중요하다고 생각하셨던 겁니다.

옛날엔 거지들이 참 많이 다녔습니다. 어머니는 거지에게 밥을 줘도 꼭 자식들과 한 상에 앉혀 밥을 먹였습니다. 처음엔 그게 정말 싫었죠. 하지만 반드시 거지와 겸상을 하게 하셨습니다. 또 김치만 새로 담가도 심부름을 시켰습니다. 당숙네 갖다줘라, 큰 어머니 갖다줘라, 작은 집 갖다줘라, 이웃집 갖다줘라. 미꾸라지를 잡아서 미꾸라지국을 끓이면 이웃들을 모셔 같이 먹었습니다. 집이 넉넉하진 않았지만 마음은 넉넉했습니다.

제가 살던 집은 길가에 있었고, 담이 낮아 마을 사람들이 지나가다가도 담을 넘어 집을 들여다보면 다 보였습니다. 그럼 어머니는 늘 지나가는 사람들을 불러 음식을 대접하십니다. "아이구, 들어와! 호박댓국 끓였어, 들어와." 그럼 마을 분들은 "밥 먹었는디" 하면서도 우리 집으로 들어와 함께 음식을 드셨죠. 맛있는 음식을 우리 식구끼리 오붓하게 먹어본 적이 드물었습니다.

동네 아이들에게 떡을 나누어줄 때도 저에겐 귀퉁이 못생긴 떡을 주고, 동네 아이들에겐 반듯하게 잘린 떡을 주셨습니다. 그러면서 어머니께선 늘 말씀하셨습니다. "집에는 사람이 끓어야 한다. 사람이 찾아와야 한다. 그래야 사람이 잘산다." 그래서 지금도 늘 저희 집에는 사람이 끊이질 않습니다.

하루는 어머니와 밭에 나가 옥수수, 가지, 오이를 가득 따서 소쿠리에 이고 집으로 가는 길이었습니다. 어머니는 남의 집 앞을 그냥 지나지 못하고, 꼭 그 집 앞에 오이, 옥수수를 놓고 오셨습니다. 그러다 보면 밭에서 가득 따온 소쿠리에 남은 것이 별로 없었습니다. 그런데 집에 와서 보면 우리 집에는 없는 것들이 마루에 놓여 있습니다. 동네 분들도 우리 집 마루에 이것저것 놓고 가신 겁니다. 많이 있어서가 아니고, 우리 집에 몇 가지 있으면 서로 나눠 먹었던 것입니다. 없으니까 오히려 더 나눌 수 있었습니다.

　어느 날은 밤늦게 놀다 집에 들어가니 한겨울에 보일러가 고장 나있었습니다. 보일러 속에 있는 뜨거운 물을 다 꺼내고 다시 물을 채워야 한다고 기술자가 말했습니다. 보일러 속 뜨거운 물을 호스로 연결해 마당에 버리고 있으니, 어머니가 얼른 마당으로 뛰어나가 엎드려서 말씀하셨습니다. "눈 감아라. 눈 감아라." 물이 다 나올 때까지 땅에 대고 "눈 감아라" 하십니다. 달이 휘영청 떠있는 밤, 마당에 엎드려서요. 물이 다 빠지니 어머니가 일어나셨습니다. 왜 그러시냐 물어보니 "이 땅 속에 벌거지가 많이 들어있는데, 갑자기 뜨거운 물이 들어가면 눈이 먼다. 그래서 내가 눈 감아라 했다" 하십니다.

　고추를 매달았는데 고추가 넘어가면 "아이고 아이고 아이고 내 새끼" 하며 소리치십니다. 살아있는 모든 것들은 다 자기와 똑같은 생명을 가지고 있다고 생각하신 겁니다.

"한 편의 시처럼 살고 계신
우리 엄니 '박덕성' 여사."

제가 그렇듯, 모든 사람에게 자기 어머니는 특별합니다. 제 어머니께서는 학교도 안 다니셨고 글자도 모르고 선생님도 없었지만 전 어머니께 많은 걸 배웠습니다. 어머니는 삶이 공부였습니다.

어머니는 시인이었어요. 너무 더운 날은 밭일을 하다가 감나무 밑에서 쉽니다. 그럼 어머니는 이렇게 말씀하십니다. "구름은 둥실 비 실러 가고 바람은 살랑 꽃 따러 가고" 저는 얼른 집에 가서 어머니 말씀을 받아씁니다. 그럼 그게 시가 됩니다.

밥을 먹다가 강 건너에 핀 호박꽃을 봅니다. 바람이 불면 꽃이 보였다 안 보였다 합니다. 그럼 저희 어머니는 "저 건너오는 것이 우리 님이 아닌가. 아롱다롱 호박꽃이 날 속였네" 그럼 저는 얼른 집에 가서 글을 써버립니다. 그럼 시가 됩니다. 그렇게 어머니 삶의 여러 이야기들을 가져와 시를 썼습니다.

저는 고등학교 졸업장이 마지막 졸업장입니다. 그러나 한 번도 부끄럽지 않았습니다. 뭘 모른다고 생각하지 못했습니다. 어머니를 따라다니며 어머니가 가르쳐준 삶의 방식, 삶의 논리들을 배우며 살았습니다. 그게 저를 지금의 시인으로 키웠습니다. 지식은 숨기지만 노동은 숨기지 못합니다. 자연과 어머니의 말은 노동의 실천 속에서 거짓 없습니다. 콩을 심으면 콩이 돋아나 또 콩이 되었습니다.

걱정하지 마라,
내가 해결하마

서 민

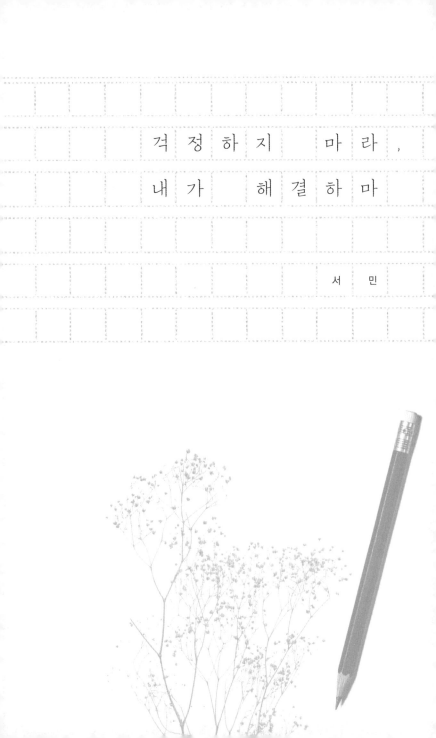

서민

현재 단국대 의과대학 기생충학과 교수이자 칼럼니스트다. 서울의대 의학과를 졸업했고, 같은 학교 대학원에서 박사 학위를 받았다. 인터넷 블로그, 딴지일보, 한겨레신문, 경향신문 등에 칼럼을 연재했으며, 다양한 방송활동을 통해 대중과 소통하고 있다. 펴낸 책으로는 《서민적 글쓰기》《서민의 기생충 열전》《집 나간 책》《노빈손과 위험한 기생충연구소》가 있다.

...

빨래 못하는 왕자

나이 서른에 군대에 갔다. 며칠 훈련을 받고 나니 지급받은 새 양말이 다 떨어졌다. 어찌할 바를 몰라 하는데 옆자리의 동기가 날더러 빨래를 하러 가자고 한다. '아, 이거구나!' 싶어 양말과 속옷을 들고 세면대로 향했다. 어떻게 빠는 거냐고 묻자 그가 나를 의아한 표정으로 바라본다.

"나도 잘하는 건 아닌데, 비누칠을 한 다음에 그냥 이렇게 문지르면 돼."

그를 따라 속옷과 양말을 빨았다.

"이제 빨랫줄에다 널면 끝나는 거야. 쉽지?"

그 말과 함께 동기는 세면장을 빠져나갔다.

그로부터 십 분 후, 난 첫 빨래의 흥분을 뒤로한 채 내무반에 누워있었다. 조금 뒤, 나에게 빨래하는 법을 알려줬던 동기가 다가와 큰 소리로 말했다.

"너, 저 빨래 짰어?"

무슨 말인지 몰라서 그가 가리키는 방향을 바라보니 빨랫줄에 널어둔 내 양말에서 물기가 뚝뚝 떨어지고 있었다. 그에게 물었다. "짜야 해?"

그 광경을 지켜보던 다른 동료들도 어이없어했다. 그 친구가 입을 열었다.

"너 혹시 왕자로 자랐냐?"

'왕자'라는 말을 들은 그날 밤, 잠에 들 때까지 지난날을 회상했다. 내게 왕자라는 단어는 전혀 어울리지 않다고 생각해서였다.

우리 형제자매는 모두 닮았다. 다 나처럼 눈이 작다는 얘기다. 눈이 얼굴에서 차지하는 비중이 80퍼센트는 된다고 봤을 때, 눈이 작으면 아무리 잘해봤자 100점 만점에 20점밖에 받을 수 없다. 그래서 난 어머니를 원망한 적이 많다.

"어머니는 왜 당신도 눈이 작으면서 눈이 더 작은 아버지와 결혼하셨을까?"

누나나 여동생은 그 20이 그럭저럭 괜찮아서 어떻게 보면 미녀로 비춰지기도 하지만, 난 나머지 20마저 엉망이라 어떤 각도에서 봐도 못생겼다. 영화 〈살인의 추억〉에 나오는, "향숙이 예쁘다"라고 말한 배우와 나를 착각한 사람도 있었다. 그러다 보니 난 어릴 적부터 다른 이들에게 놀림을 많이 받았다. 거기에 아버지 또한 날 탐탁지 않게 여기셨다.

아버지는 모두에게 엄한 분이셨지만, 특히 나에겐 더 엄격하셨다. 덕분에 나는 다른 형제들보다 더 많이 맞고 자랐다. 조그만 잘못을 해도 맞았고, 특별한 이유가 없어도, 예를 들면 맞은 지 일주일이 지났다는 이유만으로 아버지한테 맞아야 했다. 그래서 내 어린 시절을 회상할 때면 가장 먼저 떠오르는 단어가 바로 '공포'였다.

어린 시절은 그 사람의 인생을 결정할 수 있는 시기라고 한다. 정신과 의사 베셀 반 데어 콜크가 쓴 《몸은 기억한다》라는 책을 보면 어린 시절의 트라우마는 성인이 된 뒤에도 지대한 영향을 미칠 수 있단다. 어둠으로 점철된 유년기를 보낸 내가 비뚤어지지 않았던 이유는 아마도 어머니 덕이었으리라. 나는 아버지에게 맞는 와중에도 안타까워하는 어머니의 시선을 늘 느낄 수 있었다. 요즘 유행하는 말로 '지켜주지 못해서 미안해'의 심정이랄까.

내가 이렇게 매 맞을 만큼 나쁜 아이가 아니며, 다른 누군가에게는 사랑받을 자격이 있다는 걸 어머니의 시선을 통해서 깨달을 수 있었다. 그리고 그 시선은 내가 양심을 위반한 행동을 하려 할 때도 날 지켜줬다.

그 시절의 아버지들이 다 그랬듯, 우리 아버지도 자주 늦으셨다. 그래서 난 어머니와 함께 있는 시간이 더 많았는데, 아버지와 달리 평소 날 가장 예뻐하셨던 어머니는 내게 헌신적으로 잘해주셨다. 일례로 어머니는 내가 다른 친구한테 맞고 왔다고 하면 바로 학교로 달려가 선생님을 찾아뵀다. 한번은 날 괴롭힌 당사자에게 찾아가기도 하셨는데, 당시 그 장면을 떠올리면 아직도 얼굴이 화끈거린다.

초등학교 4학년 여름방학 마지막 날의 광경도 눈앞에 선하다. 그때 난 방학숙제를 하나도 하지 않아 죽고 싶은 심정이었는데, 어머니가 어떻게 그 사실을 아셨는지 내 숙제를 도와주셨다. 어머니는 책상을 펴고 앉아 숙제를 하나하나 점검하셨다. 이건 이렇게 하면 되겠네, 저건 저렇게 하자. 산더미 같던 숙제가 하나하나 완성되는 과정은 경이 그 자체였다. 결국 난 밀린 숙제를 모두 끝낸 뒤 개학날을 맞을 수 있었다.

나는 어느 순간부터 어머니의 그런 헌신을 당연하게 여겼던 것 같다. 뭐든지 엄마한테 의존하는 마마보이, 그게 나였다.

대학에 입학했을 때, 화학과에 다닌다는 선배가 날 붙잡았다. 그는 날더러 기독교 동아리에 가입하라고 했다. 말이 권유지, 실제로는 강요였다. 그에게 끌려간 나는 무려 삼십 분이나 기도를 하며 그가 읊어주는 말을 들어야 했다. 날 풀어주면서 그 선배는 이틀 후에 다시 만나자고 했다. 예나 지금이나 난 무교였고, 내 대학생활의 많은 부분이 기도를 통해 날아가는 걸 원치 않았다. 어머니한테 그날 겪은 일을 이야기했더니 어머니는 눈을 빛내면서 이렇게 말씀하셨다.

"걱정하지 마라. 내가 다 해결해주마."

이틀 후, 약속 장소에서 날 기다리던 선배는 내가 어머니와 같이 나타나자 크게 당황했다. 쑥스러운 탓에 어머니와 거리를 두고 약간 떨어져 있었기에 선배와 어머니 사이에 무슨 말이 오갔는지 모르겠지만, 그 선배는 그 이후로 나에게 다시 연락하지 않았다. 덕분에 난 여대와 같이 하는 연합동아리를 들 수 있었다.

이런 기억도 난다. 여자한테 바람을 맞았던 날, 멍한 기분으로 대학로를 걷고 있는데 한 남자가 나를 봉고차로 이끌었다. 봉고차에 끌려간 나는 그 남자가 하는 말을 가만

"내 인생의 해결사, 사랑하는 '김선자' 엄마!"

히 듣고만 있었다. 한참 뒤 봉고차에서 풀려났을 때 비로소 나는 내가 무슨 바보 같은 짓을 했는지 깨달았다. 27만 원짜리 영어테이프를 구매하는 계약서에 사인을 한 거였다. 어머니한테 그 얘기를 하자 어머니는 날 야단치는 대신 눈을 빛내며 이렇게 말씀하셨다.

"걱정하지 마라. 내가 해결하마."

일이 일어났을 땐 집에 없어서 몰랐지만, 당시 그 광경을 지켜본 누나에 의하면 테이프 값을 받으러 온 남자는 어머니한테 큰 봉변을 당한 채 쫓겨났다고 한다. 그리고 다시 연락하지 않았다.

새로운 해결사

결혼과 동시에 어머니로부터 독립한 지금, 난 아내한테 모든 걸 의존한다. "여보, 큰일 났어. 차 시동이 안 걸려." "여보, 변기가 막혔어. 어떡해. 여보가 좀 알아서 해주면 안 될까?" "여보, 내가 모르고 ○○주간지를 본다고 해버렸어. 여보가 좀 해지해주라."

내가 부탁한 일들을 처리해주면서 아내는 연방 투덜거린다. 내가 매사에 너무 의존적이라고. 구박 좀 받으면 어떤가. 내게는 이제 새로운 해결사가 있는데.

어느 날, 어머니 댁에 가있는데 TV를 보던 어머니가 이런 말씀을 하신다. "해삼이 참 먹음직스럽구나." 어머니가 드시고 싶어하는 것 같아 갑자기 사드리고픈 생각이 들어 여쭤봤다. "엄마, 해삼 좋아하세요?" "그럼, 난 원래 해삼 좋아해." 순간 망연자실했다. 어머니가 뭘 좋아하는지 난 마흔이 넘도록 모르고 있었으니까. 어머니는 내가 좋아하는 걸 찾아 어떻게든 해주시며 평생을 보내셨는데, 이제 어머니께 갚을 능력이 되는 아들은 어머니가 좋아하는 게 뭔지 하나도 모르고 있었다. 이래서 머리 검은 짐승은 거둘 필요가 없는 것인가 보다.

날 왕자로 만들어주신 어머니도 이제 많이 늙으셨다. 무릎이 아파서 수년간 고생하셨는데, 얼마 전에는 혈액암까지 걸리셨다. 십 년에 걸친 아버지 간병을 오로지 혼자 몸으로 다 해내시고 이제 좀 자유롭게 사시나 싶었더니, 하늘

은 어머니의 편안함을 원치 않으시나보다. 편찮으신 와중에
도 어떻게 하면 나한테 부담을 덜 줄까만 궁리하는 어머니.
이런 어머니를 생각하면, 비록 아무것도 안하는 불효자식
이긴 해도 가슴이 미어진다. 이 글을 쓰고 나면 어머니에게
해삼이라도 보내드려야겠다.

어 머 니 의

집

김　성　준

김성준

1991년 SBS 기자 공채 1기로 입사해 정치부, 경제부, 사회부를 두루 거쳐 워싱턴 특파원을 지냈으며, 2011년부터 2014년까지 약 4년간 〈SBS 8뉴스〉 메인 앵커로 활동했다. 당시 촌철살인 소신 발언으로 클로징 멘트를 장식해 많은 화제를 모았으며, 2013년 한국방송대상 앵커상을 수상했다. 현재는 SBS 보도국 정치부장으로 있다. 펴낸 책으로는 《뉴스를 말하다》가 있다.

．．．

　광화문에 일을 보러 갈 때면 가능한 한 틈을 내서 화동 주변 골목길을 이리저리 걷곤 한다. 해질 무렵 이 동네 골목길은 아늑하다. 어린 시절 살았던 상도동 집도 그런 골목길에 있었다.

　낡은 한옥을 사서 양옥으로 개축한 집이었다. 어머니가 직접 인부들 밥해주고 독려하면서 지으셨다. 늦은 오후가 되면 들통에 라면을 끓여서 인부들에게 간식 삼아 나눠주셨다. 인부들은 우리 집 김치가 맛있다면서 라면국수를 후루룩 삼키곤 했다. 나도 덩달아 나무젓가락을 들고 달려들기 일쑤였다. 라면을 먹은 인부들은 더욱 열심히 일했다.

붉은 벽돌로 쌓아 올린 벽에 검은 기와지붕을 얹어서 볼품은 없었지만, 안주인이 직접 챙겨 지은 집이니 튼튼한 것 하나는 확실했다. 넓지 않은 마당에는 늙은 감나무가 또 다른 안주인 행세를 하고 있었는데 그 바로 아래에는 아이 한 명이 드러누울 만한 크기의 연못이 있었다. 그래서 가을에 익은 감이 떨어질 때면 노랗고 빨간 금붕어와 개울에서 잡아온 미꾸라지들이 횡재하곤 했다. 날이 좋을 때는 온 식구가 마당에서 삼겹살 파티를 했다.

어머니는 집이 완공되고 몇 해 못가서 돌아가셨다.

초등학교 5학년이던 1975년 어느 봄날이었다. 수업을 마치고 집에 돌아왔는데 활짝 열린 대문 안쪽에 웅성거리는 사람들이 보였다. 의아해하면서 마당에 들어서는 순간 어머니가 돌아가셨다는 사실을 깨달았다. 그런데 이상하게 눈물이 나지 않았다. 얼굴 모르는 사람들이 내 머리를 쓰다듬으면서 안타까워하는 표정을 지어도 별 느낌이 안 들었다. 심지어는 그날 저녁에 친구와 친구 아버지를 따라 〈박 대통령컵 국제 축구대회〉 결승전을 보러 동대문 운동장에 다녀왔다. 어머니가 세상을 떠난 건 분명했지만 금방 다시 돌아오실 것만 같았다. 영결식까지 사흘 동안 줄곧 그랬다.

영결식은 감나무에 열매가 아직 맺히지 않은 마당에서 치러졌다. 조문객 수십 명이 어디선가 빌려온 의자에 앉았고 가족이 다니던 교회 목사님이 식을 주재하셨다. 어른들이 내게 어머니 영정 앞에서 바이올린을 연주하라고 시켰다. 사실 바이올린 레슨은 어머니 모르게 선택한 것이었다. 어머니는 내가 피아노를 배우기 원하셨지만, 나는 학교 특활 과목을 고르면서 바이올린에 손을 번쩍 들어버렸다. 어머니를 보내는 마지막 자리에 어머니 뜻과 달리 선택한 바이올린을 연주한다는 게 난감했다. 문제는 더 있었다. 하필 그즈음 연습하던 곡이 〈크시코스의 우편마차〉라는 경쾌한 분위기의 춤곡이었다.

나는 어쩔 수 없이 바이올린을 들고 조문객들 앞에 섰다. 어머니의 영결식에 맏아들의 소란스런 바이올린 연주가 시작됐다. 첫 소절을 살짝 틀린 걸 빼고는 물 흐르듯 곡이 흘러갔다. 크시코스의 우편마차는 속절없이 들판을 달리고, 조문객들의 흐느낌이 반주를 맞추고, 바람이 불면서 이름 모를 하얀색 꽃잎이 허공에 흩날렸다. 문득 두 눈에서 눈물이 쏟아졌다. '도대체 지금 내가 뭘 하고 있는 거야. 어머니가 돌아가셨는데.' 그제야 나는 어머니가 되돌아오지 않는다는 걸 깨달았다. 그날 이후 다시는 바이올린을 들지 않았다.

어머니는 당시에는 여자로서 보기 드문 서울대 상대 출신이었다. 그렇지만 한 번도 직장에 다니지 않고 마지막까지 전업주부로 지냈다. 전업주부의 역할 가운데 가장 중요한 건 맏아들 교육이었다. 어머니는 말수가 적고, 크게 소리 내 웃거나 화를 내지도 않는 성격이었다. 아들의 공부를 돌봐줄 때도 그랬다.

어머니와 아들의 공부 모습은 심심했다. 개다리소반을 사이에 두고 마주 앉아 말없이 문제를 푼 뒤에 답안지를 180도 돌려 어머니에게 보여드리면 어머니는 빨간 색연필로 맞은 답에 O표, 틀린 답에 X표를 치는 식이었다. X표를 받은 숫자만큼 대나무로 만든 30센티미터 자로 손바닥을 맞았다. "이런 것도 모르냐"고 쥐어박거나 "아이고 속 터져"라고 탄식을 하는 일도 없었다. 어머니는 항상 조용했고 반듯했고 적절하게 따뜻했다. 나도 어머니를 따라 조용하고 반듯하고 적절하게 따뜻한 아이로 자라날 뻔했다.

어머니 건강에 문제가 생겼다는 사실을 깨달은 건 항암 치료 때문에 어머니가 입원과 퇴원을 몇 차례 반복한 뒤였다. 어머니는 언제부터인가 이전에 못 보던 꼬불꼬불 파마 머리에 노란색과 갈색 털실로 짠 베레모를 쓰기 시작했다. 왜 머리 모양이 바뀌었고 왜 집 안에서도 모자를 쓰시는지 의아했다. 어느 날 안방에 불쑥 문을 열고 들어갔다가 누워계신 어머니 머리에 머리카락이 한 올도 남지 않고 다 빠진 걸 발견하고서야 깨달았다. 곱슬머리와 베레모가 어린 감각으로도 꽤 예뻐 보인다고 느꼈었는데, 그건 스타일이 아니라 눈가림이었던 셈이다.

어머니를 보내고 나서 외할머니와 이모들이 총출동해 세 남매를 키웠다. 할머니의 최대 목표는 우리가 엄마 없는 아이들이라는 소리를 듣지 않게 하는 것이었다. 학교에도 찾아오셔서 담임선생님에게 엄마 없다고 홀대 받지 않게 해달라고 신신당부를 하셨다. 그 덕분에 나는 다른 아이들보다 조금씩 더 선생님에게 얻어맞아야 했다. "이놈아 장남이라는 녀석이 손주들 돌봐주시는 할머니 가슴 안 아프게 해드리려면 더 열심히 해야 할 것 아냐." 선생님은 이러

"항상 조용했고 반듯했고 적절하게 따뜻했던,
나의 '박정자' 어머니."

면서 대걸레 자루를 들었다. 다른 아이들 같으면 엉덩이 한 대 때릴 걸 두 대 때리고 뒤통수까지 한 대 더 때렸다.

이모들은 집에 찾아올 때마다 옷이니 신발이니 학용품이니 별의별 것들을 사 날랐다. '엄마 없는 아이라서 하고 다니는 꼴이 저 모양'이라는 소리를 절대 안 듣게 하겠다는 의지였다. 어머니는 넘치지 않게 나를 키우셨는데 할머니와 이모들은 안쓰러움에 과하게 베풀어주셨다. 그래서 나는 도대체 아쉬움을 모르고 중고등학교 시절을 보냈다.

아쉬움은 무의식 속에 숨어있었는지도 모른다. 학교와 집을 오가는 길목에 중년의 아주머니가 운영하는 작은 책방이 있었다. 어머니가 돌아가신 뒤 나는 하굣길 친구들과 그 책방에 들러서 공상과학 소설 읽는 걸 새 취미로 삼았다. 매일 일수 도장 찍듯 드나드니까 아줌마가 말도 걸고 음료수도 주기 시작했다. 어느 날, 이 녀석이 어디서 뭘 하느라 허구한 날 늦게 오는지 궁금했던 할머니가 하굣길을 되짚어 찾아다니다 책방 창문 너머로 주인아주머니와 얘기를 나누고 있는 손자를 발견하셨다. 화난 얼굴로 대뜸 들어오시더니 나를 질질 끌다시피 집으로 데려가셨다.

"공부는 안하고 거기서 뭐하고 있는 거냐. 너 엄마 보고 싶어서 그 주인 여자한테 찾아가는 거냐?" 할머니의 말이 하도 황당해서 소리를 버럭 지르고 밖으로 뛰쳐나왔다. '책 방에서 공상과학 소설 읽는 게 도대체 돌아가신 엄마와 무슨 상관이람.' 하지만, 사람 마음이란 본인도 모르는 것일까? 어른이 된 뒤 책방이 있던 자리를 우연히 지나치다가 불현 듯 할머니 말씀이 맞았을 수도 있겠다는 생각이 들었다.

우리 식구는 그 집에서 사 년을 더 살다가 이사했다. 아 버지는 그리 돈이 되지 않아서인지, 아니면 어머니에 대한 미련 때문인지 상도동 집을 처분하지 않고 그냥 두셨다. 세 월이 지난 뒤 집 앞 도로가 6차선으로 확장됐다. 은퇴한 아 버지는 집을 허물고 조그만 원룸 건물을 지어서 월세를 생 활비에 보태 쓰셨다. 큰 수입은 아니었지만 돌아가신 어머 니가 나름 아버지 노후까지 챙긴 셈이 됐다. 그리고 최근에 그 집을 파셨다. 근처 대학에 큰 기숙사가 생겨서 임대 수 입은 줄었는데 관리하기는 힘들었기 때문이다.

집 판 잔금을 받아오는 길에 차 안에서 아버지가 물으셨 다. "너는 요즘도 어머니 생각이 나니?" 어머니가 돌아가신

이후 아버지에게서 한 번도 들어보지 못한 질문이었다. 나는 민망하기도 하고 아버지 감상을 건드리기도 조심스러워서 "뭐 그저 성묘 갈 때나 그러지요"라고 얼버무렸다. 한동안 아버지도 나도, 신호등이 바뀌고, 차가 스쳐 지나가고, 사람들이 길을 걷는 모습만 물끄러미 바라봤다. 내가 먼저 입을 열었다. "어머니가 돌아가신 지 사십 년이 지났네요. 상도동과 인연도 이걸로 끝이네요." 아버지는 말없이 고개를 한 번 끄덕이셨다.

나의 어머니는 항상 조용했고 반듯했고 적절하게 따뜻했다.

엄마에게
물어봐

황 주 리

황주리

황주리는 평단과 미술 시장에서 인정받는 몇 안 되는 화가이며, 유려한 문체로《날씨가 너무 좋아요》《세월》《땅을 밟고 하는 사랑은 언제나 흙이 묻었다》등의 산문집과 그림 소설《그리고 사랑은》등을 펴냈다. 기발한 상상력과 눈부신 색채로 가득 찬 그의 그림은 관람자에게 강렬한 기억을 남긴다. 그것은 한 번뿐인, 다시는 돌아올수 없는 우리들의 삶의 순간들에 관한 고독한 일기인 동시에 다정한 편지이다. 석남미술상과 선미술상을 수상했고, 신구상주의 계열의 가장 주목받는 화가이다.

지금은 나에 관해 나보다 더 잘 아는 사람이 있으랴 싶지만, 젊은 시절엔 운명철학에 관심이 많아 여기저기 점을 보러 다니는 취미가 있었다. 어릴 적 엄마로부터 들은 주변 사람들의 점이야기가 족집게처럼 맞는 걸 여러 번 보았기 때문이었다. 요즘은 가지 않은 지 오래지만, 오래전 기막히게 맞추는 비구니스님이 있다하여 먼 길을 찾아갔던 생각이 난다.

불투명한 미래가 궁금했던 내게 비구니스님은 이렇게 말씀하셨다. "어머니가 미래가 다 보이는 분이야. 나한테 오지 말고 어머니가 하라는 대로만 하고 살아." 나는 그 뒤로 점을 보러 가지 않았다.

생각해보니 어머니가 하는 말이 틀린 말은 하나도 없었다는 생각이 든다. 그래서 나는 늘 운이 좋은 사람이라고 생각하며 산다. 집 안에 아주 현명하고 따뜻한 스승님 한 분을 모셔둔 기분이다.

우리 어머니는 그림을 참 잘 그리셨다. 다시 태어난다면 화가가 되고 싶다고 이야기하실 정도였다. 삼십여 년 전 옆집 사는 분이 과일 바구니를 들고 와 "집에 걸어두게 따님 그림 하나 선물로 주세요" 하자, 엄마는 '호안 미로' 그림 비슷한 추상화를 뚝딱 그려서는 우리 딸 그림이라며 선물로 주신 적이 있었다. 삼십여 년이 흐른 뒤 우연히 간 화랑에서 그 그림이 내 그림으로 번호가 붙여져 경매에 실려 가는 걸 보고 기절할 뻔했다. 경매에 나가기 전 사정을 설명해 목록에서 빠지기는 했지만 가슴이 덜컹 내려앉는 순간이었다.

어릴 적 나는 엄마가 너무 좋아서, 혼자 있을 때도 '엄마' 하고 발음하면 흐린 날도 마음속이 환해졌다. 내 어머니는 단 한 번도 자식들을 향해 화를 내거나 소리를 지른 적이 없었다. 하지만 가끔 혼자 우셨다. 그럴 때면 어린 나도 따라 울었다. 겉으로는 화려했던 아버지의 사업은 실상 늘 돈에 쪼들려야 했고, 아마도 그로 인해 마음고생을 심하게 하셨던 것 같다. 지인에게 돈을 빌리러 갔다 거절당했던 날도 많았으리라. 여기저기 기운 빨간 내복을 겨울 내내 입던 우리 어머니는 알뜰하기 짝이 없는 아내였지만, 자식에게는 어렵다는 티조차 낸 적이 없는 분이셨다.

내가 그림의 길을 걷기 시작한 건 말수가 적고 내성적인 성격 탓이었다. 하지만 나는 지금도 모르겠다. 이렇게 말이 많아진 내가 어린 시절 그렇게 말이 없었다는 사실을. 어쩌면 한 사람이 평생 동안 하는 말의 양은 정해져 있어서, 어릴 적에 말이 없던 사람은 나이 들어 점점 수다스러워지는 건 아닐까? 이제야 모국어인 한국말을 제대로 하게 된 기분이다. 정말 제 나라 말을 제대로 하는 데만도 우리는 평생이 걸린다.

운동화의 왼쪽 오른쪽도 구분 못해 운동화에다 크레용으로 표시를 해놓던 내 모자란 어린 시절, 미술학원에 데려다 준 어머니 덕에 나는 늘 그림 잘 그리는 아이의 대명사가 되었다. 월요일 조회시간마다 상을 타러 나가던 그 어린 날들은, 내게 상이란 그리 즐거운 것도 아니고 벌이란 그저 아픈 것만도 아니라는 조숙한 깨달음을 주었다. 나는 중학교에 들어가서는 생각밖에 유쾌한 모범생이 되었다. 학교 성적도 전체 등수 10등 안에는 늘 들었고, 그림도 여전히 잘 그렸다.

중학교 2학년이 되던 어느 봄날, 나는 회색 머리칼을 봄바람에 날리며 교실에 들어선 영어선생님을 보는 순간 감전이 된 기분이었다. 어쩌면 그게 내 오랜 사춘기의 시작이었을지 모른다. 미술반이던 내가 사진반을 기웃거린 건 사진반을 맡고 있던 선생님 때문이었다. 선생님이 카메라를 메고 걸어가는 모습은 내 잔잔한 영혼에 파문을 일으켰다. 어쩌면 사랑이 틀림없을 그 감정은 모범생인 내게 변화를 가져왔다.

세상이 다 시큰둥하기 시작했고 공부는 뒷전이고 책 읽기에 열중했다. 일기장에는 온통 그 시절의 청춘들이 심취하던 헤세의 《데미안》 글귀들과 선생님에 관한 사랑의 감정이 혼재된 형태의 글들이 적혔다. 그 시절 내 영혼의 친구이자 감시자이던 어머니의 눈에 딸의 일기장은 걱정스러웠을 것이다.

"새는 알을 깨고 나와 더 큰 하늘을 향해 날아간다."《데미안》의 한 구절처럼 어쩌면 청춘 시절 우리가 사랑이라고 부르는 감정은 바로 그 알을 깨고 나오는 동안의 부화의 시간들이 아닐까?

어머니는 이 모든 걸 미리 알고 선생님을 집으로 자주 초대해 맛있는 걸 잔뜩 만들어주셨다. 그렇게 자연스레 선생님과 왕래를 하게 되었다. 선생님이 아름다운 교생선생님과 결혼할 때 우리 아버지가 주례를 서주실 정도였다. 선생님이 결혼을 한 뒤에도, 오랜 세월 뒤 암으로 돌아가실 때까지도 우리는 가까운 친척처럼 지냈다.

이 장면에서 엉뚱하게도 미움의 감정으로 남은 대학 시절 은사님 한 분이 생각난다. 쩍하면 수업시간에 들어가지 않고 학교 앞 찻집에 죽치고 앉아 보들레르와 토마스만과 사르트르를 읽던 시절, 교수님은 언제나 내 그림을 나무랐다. 어느 해인가 메이데이 전람회에 출품한 콜타르를 이용한 실험적인 내 작품은 날씨가 더워 녹아내리기 시작했다. 선생님께 다른 그림으로 바꿔 걸겠다 했더니, 선생님은 네가 걸겠다고 한 그림이니 바꿔 걸 수 없으며, 하루 종일 그림 앞을 지키고 있으라 하셨다. 할 수 없이 나는 며칠 동안 몇 시간 간격으로 그림을 바로 걸었다 거꾸로 걸었다 했다. 집에 와서 울면서 어머니께 말하니 이렇게 말씀하셨다.

"그분이 네게는 은인이로구나. 오늘의 경험은 누가 네 그림을 폄하해도 끄떡 않는 힘이 되어줄 거야."

어릴 적 나는 아주 작은 일에도 상처를 받는 여린 아이였다. 그럴 때마다 어머니는 "무는 개가 되라, 그래야 뒤돌아본다" 하시곤 했다. 지금 생각하니 어머니는 아무리 그렇게 말해도 딸이 절대 무는 개가 될 수 없을 걸 아셨던 것 같다. 물지도 짖지도 못하는 바보같이 착하기만 한 개가 될까 봐 걱정스러우셨던 것이다. 하지만 나는 이렇게 살아서 손해 본 게 하나도 없다. 그렇게 '무는 개가 되라'는 말은 내 삶의 농담으로 남았다.

소설가가 되고 싶었던 어머니의 꿈은 출판사를 경영하시던 아버지와 결혼하면서 쉽지 않은 생활고에 떠밀려 무산되었다. 그러나 어머니의 재능과 감성은 내 핏속에 고스란히 살아남았다. 세상에 대한 분노를 분노로 갚지 않는 사람, 그저 아무런 편견 없는 따뜻한 마음 하나 간직한 사람,

"내 삶의 조언자, 사랑하는 '송연호' 어머니."

나는 그런 사람을 훌륭한 사람이라고 부른다. 내 어머니가 딱 그런 분이라고 말한다면, 어머니는 벽장 속으로 숨어버릴 것이다. 나서지도 잘난 척하지도 속되지도 않은 사람이기에.

여름이면 우리 가족은 늘 해운대 해수욕장으로 피서를 갔다. 초등학교 삼학년 무렵이었을까? 나는 모래 해변을 걸어 다니다가 똥을 밟았다. 그 시절엔 화장실이 많지 않아서 어디나 똥이 많았다. 징징 울어대며 파도에 새 신발을 씻어내던 내 손을 잡고 어머니는 말씀하셨다. "괜찮아, 괜찮아." 나는 그 괜찮다는 말의 온도와 느낌을 아직도 내 마음속에 그대로 간직하고 있다. 아마도 삶이 힘들 때마다 자기 자신에게도 그렇게 타일렀으리라.

우리 어머니는 노래를 잘 부르는 미남 청년이었던 아버지를 무척 사랑하셨다. 늘 묵묵히 아버지의 믿음직한 그림자가 되어주었던 내 어머니가 젊은 날 좋아했던 노래는 '차중락'의 〈낙엽 따라 가버린 사람〉이었다. 어머니가 쉰아홉 되던 해, 어느 날 아버지는 정말 낙엽 따라 가버린 사람이 되었다. 그때 나는 어머니 나이가 많은 줄 알았다. 하지만 지금 생각하니 딱 지금 내 나이다. 아버지가 돌아가신 지 셀 수 없는 세월이 흘렀다. 몸은 늙어도 감각은 젊은이보다 훨씬 더 젊은 우리 어머니는 아직도 나의 그림에 가장 영향력 있는 조언자이다. 유난히 말이 없던 어린 내 손을 잡고 나무로 된 가파른 미술학원 계단을 올라가던 어머니, 다른 아이들과 잘 어울리지도 못하고 겁이 많아 미끄럼틀도 올라가지 못하던 내게 에디슨의 어머니처럼 꿈과 용기를 북돋아준 어머니, 그분은 나의 출생 시부터 천사처럼 다가와 아직도 천사처럼 내 곁에 존재하신다. 행복하다.

어린 시절 어머니가 그린 그림을 꺼내본다. 정말 잘 그렸다. 구십 살 되는 해에 그림을 곁들인 시집 한 권 출간해드려야겠다. 소설이라도 자서전이라도 드라마라도 좋겠다. 드라마를 즐겨보는 어머니가 드라마를 쓴다면 정말 드라마틱할 것 같다.

보리 모가지가

파랄 때가

황세기젓 담글 때여

김 수 미

김수미

1971년 MBC 공채 탤런트로 입사해 정식 데뷔한 배우 김수미는 드라마 〈전원일기〉
를 통해 22년 동안 일용엄니 역할을 맡으며 인지도를 쌓았다. 이후 구수하고 따뜻한
연기를 통해 독보적인 캐릭터를 구축하며 대중들에게 많은 사랑을 받고 있다. 춘사
영화상, 청룡영화상, 연기대상에서 수상을 하였으며, 펴낸 책으로는《애들아, 힘들면
연락해》《그해 봄, 나는 중이 되고 싶었다》《너를 보면 살고 싶다》등이 있다.

청계천 헌책방에서 책을 보고 있었다. 고2면 대입준비 책을 사야 하는데, 한용운의 《님의 침묵》을 살까 말까 망설일 때, 분명 뭔가가 불안하고 이상했었다. 그날은 토요일, 혼자 자취하고 있어 집에 빨리 가봐야 심심하기만 해, 책방들 문 닫을 때까지 책도 읽고 마음에 드는 건 몇 권 사려고 마음먹었다. 그런데 갑자기 심장이 뛰고 집에 불이 나지 않았을까 하는 뭔지 모를 이상한 마음이 들어 헌책방에서 나와 그냥 집으로 향했다. 안집 벨을 눌렀더니 게으른 주인 아줌니가 한 번에 뛰어나왔다.

'모친사망'이라고 쓴 전보였다(얘들아 전보가 뭔지들 아니? 편지보다 훨씬 빠른 거란다. 우편배달부가 걸어서 들고 온 지금

카톡이나 문자라고 전해라). 열 시간 기차를 타고 군산집에 도착했을 때 장례행렬은 이미 군산 수원지 쪽으로 가고 있었다. 나는 정말 크고 웃기게 생긴 삼베 한복을 입고 따라갔다. 도착하니 군산 금강이 보이는 향토 고구마밭을 파놓고, 교회 사람들이 예배를 보고 있었다. "왜 인자왔냐" 하며 오빠가 나를 나무랐다.

나는 토요일 기차표가 없어서 야간열차를 탔다고 했고, 네 살 위인 언니에겐 나 배고파 죽겠다고 했고, 엄니의 관이 땅속으로 들어갈 때는 밭쪽을 둘러보며 "잠깐만유, 울 엄닌 꽃을 제일 좋아했응게유" 했다. 밭두렁 검불더미에 나팔꽃이 치마처럼 피어있었고, 나는 나팔꽃 몇 송이를 따서 엄니 관 위에 뿌려드렸다.

'신흥동 꽃 많은 집'이 우리 집 우편번호였다. 엄마는 담 밑에서부터 지붕까지 철사를 수십 줄 연결했고, 나팔꽃은 철사를 따라 올라갔다. 마당 평상에 하늘을 보고 누우면 하늘에 촌스런 보라색, 분홍색 나팔꽃들이 하늘에서 펄럭였다. 나는 그게 이상했었다. 해 질 녘이면 쪼글쪼글 쪼그라들어서 보기 싫었다.

"엄니 왜 보기 싫게 저녁 때 되믄 쪼그라든대유? 딴 꽃은 안 그러는디…."

엄마는 "야 이 썩을 년아 학독에 꼬치나 좀 갈어야. 속 시끄러 죽겠는디. 괭이 손도 빌리게 겁나게 바쁜디 쪼까 있으믄 정읍서 친척들 온단 말시."

엄니, 아무리 바빴어도 그때 그 대답이나 해주고 가시지. 지금 내 연예기획사 이름을 '나팔꽃 미디어'라고 지었습니다. 엄니가 그때 가르쳐주지 않아서 제 나이가 곧 칠십인데, 왜 나팔꽃이 저녁에 지는지 아직도 모릅니다. 알아보니 꽃말 뜻은 '기쁜 소식'이라네요.

엄니, 고백할게요. 어느 날 아부지가 엄니만 알고 있는 비밀의 정원을 저에게 알려주셨어요. 아부지는 망망대해 끝이 안 보이는 우리 밀밭 가운데로 저를 데리고 들어가셨어요. 세상에! 시뻘건 꽃이 몇 무더기 피었는데, 너무 빨갛고 예뻐서 나도 모르게 그만 소리를 질렀어요. 그러자 아부지가 '쉿' 하면서 "앙거, 맞어" 하셨어요. 그때 아부지 하는 짓이 뭔가가 도둑질하는 것 같고 수상해 보였어요. 나는 그게 엄니 때문인 줄 알았어요. 그 꽃이 양귀비꽃이고 함부로 재배하면 법에 걸리는 거란 걸 나중에야 알았어요. 예닐

곱 살 어린 나이로 기억하는데 가슴이 뛰는 걸 분명 느꼈습니다. 색깔이 너무 예뻐서….

엄니, 그러니까 제 나이 마흔 몇 살 때 유럽에 '빠리'라는 곳에 갔어요. 저는 빠리 근교 시골엘 가고 싶었어요. 정말 경운기도 있고 그런 시골이요. 그래서 물어물어 갔는데, 우리 밭보다 큰 밀밭이 있었어요. 너무 벅차서 밭두렁을 걷다가 주저앉아 미친년처럼 "엉엉 엄니, 엄니" 하면서 울었어요.

엄니, 기적이 일어났어요. 거기에 글쎄 그때 그 시뻘건 양귀비꽃이 있었어요. 똑같았어요. 엄니의 비밀의 정원에 있던 그 꽃과 같았어요. 저는 밭두렁에 엎드려서 그냥 그대로 죽었으면 좋겠다, 할 만큼 울었답니다. 사실 서울엔 울고 싶을 때 울 데가 마땅치가 않아 너무 참았었거든요.

엄니, 꽃 화 자에 순할 순 자를 쓰신 김화순 엄니. 그때 그렇게 울게 해주셔서 감사합니다. 애들이 애기 땐 애기니까 눈치 보느라 못 울고, 연예인이 되어서는 위세 떠느라 못 울고, 당신 사위가 딴짓거리할 때는 분하고 자존심 상해서 못 울었어요. 얼마 전 지인이 죽었다는 전화를 받고 나서 울었더니 우리 삼식이(강아지)가 저도 "이잉 월월" 하며 울어서, 글쎄 개새끼가 그렇게 눈물을 뚝뚝 떨어뜨리는 걸 처음 봤습니다. 그래서 달래느라 못 울었어요.

엄니, 사람이 얼마나 간사한지 알어유? 초등학교 1학년 때 작은오빠가 군산극장 간판을 그렸잖아요. 그래서 오빠 빽으로 미국영화 몇 번 공짜로 봤는데, 나중에 엄니가 부지깽이로 제 다리를 사정없이 때리면서, "이 오살헐 년, 대가리 피도 안 마른 년이 미국영화를 봐? 아니 저 썩을 년이 뭐가 될라고 지랄혀어! 유별나 유별나아!" 하셨잖아요. 그리고 엄니는 저를 도둑년으로 몰았어유. 돈이 어디서 나서 극장엘 갔냐고 취조했지만, 오빠가 아부지한테 혼난다고 간판 그리는 거 비밀로 해달라고 해서 그 고문을 당하면서도 오빠 얘긴 안 하고 버텼었어요.

"야매 치과쟁이도 너 봤다고 허고, 정육점 장썬지 고썬지 그놈도 너 봤다고 허고, 너 돈 어디서 나서 극장엘 갔냐?"

때리고 또 때리고. 엄니, 전 그때 유관순 언니 생각하면서 그냥 견뎠습니다. 엄니 존 웨인이 얼마나 멋있었는지 모르지요. 엘리자베스 테일러가 얼마나 예쁜지 모르시지요. 저는 수세식 화장실도 그때 처음 봤었는데…, 〈새드무비〉라는 음악이 군산극장 스피커에서 크게 울릴 때 가사 뜻도 모르고 그냥 슬퍼서 울었었는데…. 엄니, 그 가사 내용이 한 여자가 극장엘 갔다가 애인이 다른 여자와 영화 보러 온 것을 보고 집에 와서 울고 있는데, 엄마가 왜 우느냐고 물어서 '영화가 너무 슬퍼서'라고 대답했다는 내용이었어요. 아직도 잊을 수가 없어요.

그리고 5학년 때 군산시와 군산 경찰서가 공동으로 '간첩 표어' 공모전을 열었는데, 나이제한이 없어서 제가 최연소로 당선되었잖아요.

〈지금 옆 사람도 다시 보자〉

엄니, 밤마다 양말에 전기 다마 넣고 꿰매어 바느질 하셨잖아요. 그런데 제가 공모전 상품으로 아이디알 재봉틀이랑 금성 라듸오, 세숫비누, 미원 몇 년 먹을 치를 받았잖아요. 엄니, 그때 참 간사했어요.

전주서 김제서 정읍서 사돈의 팔촌들이, 신문사에서 시내에서 구경꾼들이 그렇게 매일 몰려와서는 "이렇게 똑똑한 딸 둬서 판검사 안 부럽것네유" "세상에 재봉틀이 이렇게 생겼고마안" "라듸오도 최신형이네에" "현금도 받았다매유" 했잖아요.

그러면 쫌, 예쁜 말 좀 허시지. 엄니, 결정적으로 실수하신 거 모르지요. 아랫동네 사는 우리 학교 체육선생님, 안 그래도 체육시간엔 심장이 벌렁거렸었는데, 하필 체육선생님한테 "미운 년 달밤에 갓 쓰고 나간다더니 이 질알을 허버렸네유우" 하셨잖아요.

엄니, 저 그때 너무 낯 뜨겁고 창피해서 수원지 가서 확 빠져 죽을라고 했었어요. 엄니, 김화순 여사님, 이제 알아요. 당신이 《탈무드》를 읽어볼 리도, 비록 공자 맹자는 몰라도 왜 그렇게 얘기하셨는지.

엄니, 어렸을 때 설풋 건성으로 들었던 기억을 찾아 오늘은 열무김치를 담갔습니다. 엄니는 군산 유가꼬 시장에 고개가 삐뚤어질 만큼 열무를 머리에 이고 가 풀어놓고 파셨지요.

"열무 사유우~ 콩 팥 열무유유~ 똥 안췄어유우~"

그날도 일찍 떨이를 하고 빠알간 리본을 사서 제 머리에 꽂아주시고는 콩떡을 사주시면서 "오빠허고 성들한티는 말 허지 말아" 하고 당부하셨지요. 그러곤 시장 구탱이 넓게 펴놓은 그릇 장사 앞에 쭈그리고 앉아, 대접보다 좀 작은 자잘한 국화꽃 무늬가 있는 유리그릇을 만져보고 돌려보고 뒤집어보고 "느그 큰 오빠 휴가 나오는디 여기다 열무김치 담가주면 좋겠는디…"하셨잖아요. 너무 오래 만지작거리니까 그릇 장사 아저씨가 "살꺼요, 말꺼요?" 하며 면박주니까, 유리라 금방 깨질 거라면서 그냥 일어나셨지요. 계속 돌아보면서….

엄니! 난 그날 저녁 다시 시장으로 가, 사람들이 그릇 장사 앞에 바글바글할 때 그 유리그릇을 슬쩍해왔지요. 유리그릇 깨질까 뛰지도 못하고 그저 엄니 좋아할 생각만하면서, 큰오빠 군대서 휴가 나오면 엄니 기분 얼마나 좋을까? 하면서, 그릇을 품에 품고 왔어요.

아궁이에 불 때고 있는 엄마한테 유리그릇을 좀 거만하게 내밀었어요. 엄니는 "새비해왔냐?" 번역하자면 "도둑질해왔냐?" 이러셨죠. 그러곤 부지깽이로 저를 겁나게 때리셨지요. 맞는 거까진 좋아요. 같이 가자고 했지요. 개 끌고 가듯 질질질 끌고 가서는 그릇 장사 아저씨한테 "내가 도둑질해간 거요"라고 솔직히 말하라고 시키셨죠.

그러고는 엄니한테 종아리를 너무 맞아 쩔뚝거리는 저를 업고 코를 훌쩍거리면서 산을 넘어오셨지요. 엄니, 그때 그냥 얼렁뚱땅 넘어갔더라면, 엄니 막내딸 머리가 약삭빨라서 대도(大盜)가 됐을지도 모르고, 혹은 다단계 사업 쪽으로 나가다가 감옥소만 들락거렸을지도 모릅니다.

오늘 열무김치를 버무리는데 제 눈물이 두두둑 떨어졌습니다. 열무김치는 담쟁이 장미가 필 때 밀가루 풀이나 보리밥을 되게 해서 학독에 갈고 새우젓도 갈아 넣으면 맛있다고, 한여름 해바라기 필 때는 밀가루 풀 안 쒀도 된다고, 코스모스 필 때는 열무김치는 끝이라고 맛없다고 하셨잖아요.

엄니, 엄니 생각만 하면 기억이 납니다. 한겨울 눈이 엄청 많이 올 때면, 온갖 칼 가는 사람, 화장품 장사들, 야매 침쟁이, 소쿠리 장사들을 방 안 가득 앉혀놓고 된장찌개 한 솥과 큰 양푼의 밥과 김장김치, 황세기젓을 내놓고 먹이셨지요. 애기 업고 장사 나온 아줌마에게는 춥지 말라고 뜨거운 고구마 몇 개를 보자기에 둘둘둘 말아 등허리에 찔러주시고, 애기에게는 누룽밥을 먹이셨잖아요.

엄니, 이 막내딸이 딱 엄니를 닮았나봅니다. 작년 김장 때 배추 백 포기 무 칠십 단, 알타리김치, 갓김치, 고들빼기

"꽃 화 자에 순할 순 자를 쓰시는
사랑하는 울 엄니 '김화순' 여사님!"

김치, 파김치 막 퍼줘요. 우리 집에 사람들 불러서 밥 막 맥여요. 명색이 여배우인데, 손이 데이고 베이고 말도 아니에요. 영업용 냉장고, 김치냉장고가 네 대라 전기세가 줄줄줄 나가는데도요.

엄니. 제가 오늘 열무김치를 담그다 운 건 너무 억울해서예요. 이 막내딸이 해준 밥 한 끼 못 드시고, 그렇게 급하게 말도 없이 바람처럼 훅 가신 엄니한테 미안해서예요. 엉뚱한 사람들만 불러 맥이고 싸서 보내고 너무 분하고 억울해서예요.

엄니, 소원이 있습니다. 하루만 아니 한 서너 시간만이라도 오실 수 있다면 좋겠습니다. 준비는 다 해놨답니다. 나팔꽃도 옥상에 올라가게 심어놨고요.

오래전부터 매화 필 때 조선간장과 된장 담그고, 아카시아꽃 필 때 황세기젓 담그고, 보리모가지 파랄 때 알 찬 게장 담그고, 진달래꽃 필 때 주꾸미젓갈 담그고, 달밤에 갓 쓰고 나간다는 이 못난 년.

하아얀 소다를 틈만 나면 한 움큼 털어 넣고는 인상을 쓰면서 물을 마셨던 엄니, 그게 위장병에 먹는 위장약이었다면서요. 어느 시인의 〈지금 알고 있는 걸 그때도 알았더라면〉이란 시처럼, 제 마음이 딱 그렇습니다. 제 평생 엄니 병원 한 번 못 모시고 간 걸 땅을 치고 후회하고 있습니다.

얼마나 아프셨으면 밭을 매다가 뒹굴고 몸부림치다 그렇게 가셨는지요. 쥐약 먹은 쥐처럼 말도 안 되게요. 엄니 용서해주세요. 몰랐었어요. 엄니의 웃는 얼굴을 못 본 것이, 엄니가 너무나 아파서였다는 것을요. 안 되겠어요. 저 준비합니다. 못 오신다면 무채 썰어 넣고 팥시루떡과 열무김치 싸갖고 엄니 만나러 제가 가는 수밖에요.

엄니! 저 가면 한번만 꼬옥 안아주세요. 그리고 "잘 참고 살아왔구나. 아들딸 낳아 손주도 보고. 그럼 그려 엄니 품에서 원 없이 울어봐야" 하면서 제 등을 두드려주실래요?

엄니한테 어리광 부리고 싶어요. 미운 년 달밤에 갓 쓰고 나간다고, 대가리 피도 안 마른 년아! 그랬잖아요. 5학년 때 저 그때 대가리 피, 다 말랐었거든요? 체육선생님, 짝사랑했어유. 일찍 까졌지유?

엄마… 좀 더 꽉 안아주세요.

하고 싶었지만
할 수 없었던
그 말

김선영

김선영

우리나라 대표 청소년 문학 작가인 김선영은 2004년 대전일보 신춘문예에 단편 〈밀 레〉가 당선되어 등단했다. 펴낸 책으로는 소설집 《밀레》, 장편소설 《시간을 파는 상 점》 《특별한 배달》 《미치도록 가렵다》가 있다. 베스트셀러 소설 《시간을 파는 상점》 은 2011년 제1회 자음과모음 청소년 문학상을 수상하였으며, 이후 연극으로 각색이 되었고, 고등학교 문학 교과서에도 수록되었다.

어머니가 누워있는 창가로 햇살이 노랗게 들어오고 나는 곤한 숨소리를 들으며 가스레인지의 국물 자국을 닦았다. 무른 행주로 지워지지 않아 철수세미로 문지르며 떠오른 생각 하나, '신기하다'였다.

신기했다. 어머니는 지금 여든이 넘었고 나는 오십을 넘어섰다. 그간 어머니에게 들어보지 못한 말을 방금 전, 점심 밥상을 들이며 들었다.

"국이 참 맛있다. 묵도 맛있고 씀배뿌리도 맛있게 무쳤네."

맛있다니, 어머니는 손수 한 음식이 아니면 어느 것도 탐탁게 여기지 않을 만큼 입맛이 까다로웠다. 솜씨 좋은 언니들이 정성스레 음식을 해드려도 잘 먹었다 소리 한번 안 할 정도로 칭찬에는 인색한 분이다. 네 년들 키우느라 내 팔자가 이렇게 되었다고 소리를 지르고 무얼 해드려도 마뜩잖아 하는 것이 엄마다운 거였고 그게 익숙한 모습이었다.

어머니는 마흔둘에 혼자되셨다. 아버지는 여섯 살 막내부터 열아홉 만이까지 세 살 터울의 딸 다섯을 남겨놓고 돌아가셨다. 어머니의 포달진 한풀이는 우리를 키우는 내내 이어졌다. 십 원짜리 동전 하나만 없어져도 딸 다섯을 나란히 세워놓고 동네가 떠나가라 닦달했다. 아무도 가져가지 않았다고 하면 깨진 사금파리 같은 살림살이를 마당으로 죄 드러내서라도 나올 때까지 찾겠노라고 으름장을 놓았다. 어머니가 제일 죄악시하도록 가르친 것은 도둑질과 거짓말이었다. '귀신은 속여도 느이 에미는 못 속인다'는 말로 끝내 이실직고를 하도록 만들었다.

자식들의 머리가 커갈수록 어머니 말은 더욱 냉정하고 모질어졌다. 어머니 앞에서 자매들끼리 다툰다거나 밖에서 말썽 일으킨 것이 들통나는 날에는 살아남지 못하리란 것을 알고 있었다. 그래서 자매들끼리 암묵적인 약속이 있었는데, 어머니 앞에서는 다투지 않기, 집 안팎에서 무슨 일이 일어나면 대동단결하여 감싸주기, 어머니 심기 건드리지 않기 등이었다. 그렇지 않으면 우릴 버리고 떠날지도 모르며, 안 그래도 팍팍함만 남은 어머니를 더 힘들게 해서는 안 된다는 것을 어린 막내도 감지하고 그 약속을 지켰다. 덕분에 우리 집은 우애 좋고 더없이 착한 딸 부잣집이라고 불렸다. 실은 다툼도 잦았는데, 대부분 생존을 위협하지 않은 자잘한 갈등은 오래 붙들고 시비를 가릴 처지가 아니었기에 대수롭지 않게 넘겼다. 어머니에게 받은 모진 훈련 때문에 웬만한 거는 싸움거리로 삼지 않은 덕분이다.

그러니까 어머니에게서 쏟아져 나오는 칭찬에 적응하기 어려운 건 오히려 딸들이었다. 입때껏 어머니에게서 제대로 된 칭찬을 받아본 적이 없다. 그렇다고 그것을 마음의 앙금으로 삼지도 않았다. 워낙 그러려니 하고 받아들이면 아예 기대하지도 않기에 서운하지도 않은 법이다. 자식 중 누군가 상장을 받아와도 아무런 내색이 없다가 다음 날 학교 갔다 돌아와 방문을 열었을 때, 한쪽 벽면에 상장을 밥풀로 붙여 놓는 것이 어머니가 표현한 최고의 칭찬이었다.

후에 여쭤보았다. 키우는 동안 잘못한 거는 그렇게 요란하게 혼내면서 잘한 것에는 왜 그리 칭찬 한마디 없으셨냐고.

"아비 없이 자랐다는 소리 안 듣게 하려고, 모질게도 엄하게만 키웠다. 섣부른 칭찬에 기고만장할까 봐 말을 아꼈다. 자식 여럿 키우다 보면 잘하는 놈도 있고 못하는 놈도 있는데, 그것 또한 조심스러웠다."

혀가 움찔하고 입이 절로 오므라들었다.

어머니는 그간 울지도 않았지만 잘 웃지도 않았다. 다른 사람은 변해도 어머니만은 변하지 않을 줄 알았다. 얼마전, 어머니는 문지방에서 미끄러져 도합 네 번째 허리 골절을 겪은 후 자리보전하고 누웠다. 수술 직후 일시적 섬망증이려니 하던 것이 치매기가 아닐까 의심스러운 증세가 나타났다. 한 번도 보이지 않던 눈물을 흘리기도, 돌아가신지 사십여 년 넘은 아버지를 옆에 계신 양 찾기도, 우리 예쁜 딸 왔냐고 활짝 웃으며 반기기도, 엄마 밥 챙겨주러 와서 고맙다는 말도 서슴없이 하신다. 당황스러웠다. 이게 아닌데, 이건 많이 아프다는 말인데. 사람이 이렇게 180도로 변할 수 있는 것인가. 어머니는 언제까지나 강팔진 목소리로 기세당당하게 옳은 소리 하며 살 줄 알았고 또한 그러

"둘째 언니 '김선주', 나 '김선영', 셋째 언니 '김명주'
맏언니 '김옥주', 막내 동생 '김보영', 그리고 '이상숙' 어머니."

길 바랐다.

　요즘 들어 부쩍 눈물을 보이는 어머니께 왜 우냐고 여쭤
보면, 느이들한테 못한 것만 떠올라서 그랴, 하신다. 누워있
는 어머니 손을 쓸었다. 고생한 티가 묻어나지 않을 정도로
곱고도 작았다.

　"이 작고 고운 손으로 딸 다섯을 어떻게 키우셨대?"

　"느이 엄마 잘했지?"

　"그럼, 잘하고 말고요. 엄마 정말 훌륭하게 사셨어요. 엄
마 장해요."

　어머니는 방 안으로 들어오는 햇살처럼 노랗게 웃는다.

　어머니가 자리에 눕기 전, 그림을 하는 친구가 어머니 옷
을 구해줄 수 있냐고 물었다. 간간이 어머니 얘기를 전해
듣던 친구는 옷으로 작품을 하고 싶다고 했다. 어머니의 고
단했던 삶을 이렇게라도 풀어주고 싶은 친구의 마음이 느
껴져 더없이 고마웠다.

　옷 한 벌 줄 수 있냐고 전화를 드린 뒤 그 친구와 어머니
를 찾았다. 어머니는 아주 낯선 옷을 입고 계셨다. 말없이
웃고 계셨지만 어떠니? 하고 묻는 것 같았다. 보기에는 검

은색 벨벳처럼 보였지만 방향을 바꿀 때마다 옷 빛깔이 달라지는 은근 화려한 옷이었다. 어머니를 둘러보며 이런 옷도 있었냐고 호들갑을 떨자,

"사놓기만 하고 한 번도 못 입어본 겨. 츰이자 마지막으로 입어보는 겨."

어머니는 부끄러운 듯 살포시 웃으며 말했다.

친구의 개인전이 열렸지만 어머니를 모셔가지 못했다. 어머니는 몇 달 새, 문 밖 출입을 할 수 없을 정도로 쇠잔해졌다.

갤러리 한쪽 벽면에는 어머니 얼굴사진이 흑백으로 붙어 있고 하늘에서 내려오는 빛인 양, 그간 어머니가 속으로 흘렸을 눈물인 양, 불빛이 벨벳치마 속에서 반짝거렸다. 점멸하듯 흘러내리는 빛은, 잘 해냈다고 잘 살았다고 어루만져주는 것 같았다. 어머니의 삶은 헛되지 않았으며, 어머니가 흘린 땀방울과 눈물과 고단함은 이렇게 꽃으로 피어나 아름다웠노라고 말해주는 것 같았다.

어머니는 지금, 평생 가슴속에 눌러 아껴두었던 말을 꺼내는 중이다. 하고 싶었지만 할 수 없었던 그 말은 끝내 샘

물처럼 몽글몽글 솟아올라 지금 길을 내고 있다.

아버지 몫까지 다 해내고 싶었던 어머니의 바람이 그렇게 모질게 표현되었지만, 어머니가 했던 아버지의 언어까지 딸들이 알아들었다는 것을 어머니도 진즉에 알았을 것이다.

나를 잊지
말아다오

최 돈 선

최돈선

곱고 투명한 언어로 세상을 이야기하는 '물빛의 시인' 최돈선은 강원일보, 동아일보 신춘문예와 월간문학 신인상 당선으로 작품활동을 시작했다. 시집으로 《칠년의 기다림과 일곱날의 생》《허수아비 사랑》《물의 도시》《나는 사랑이란 말을 하지 않았다》《사람이 애인이다》 등이 있고, 산문집으로 《외톨박이》《너의 이름만 들어도 가슴속에 종이 울린다》《느리게 오는 편지》가 있다.

새벽에 달빛 밟고 떠나고 싶어요

그렇게 수은 같은 발자국 남기고 싶어요

다들 행복해야 해요

다들 달처럼 꿈꾸어야 해요

아들아.

내 무엇부터 먼저 쓸까. 무엇부터 얘기해야 순서일까. 이미 기억을 잃은 난 아들의 모습조차 희미한데.

엊그제 이 늙은 어민 아픈 이 하나를 뽑았구나. 두어 달 전부터 이가 흔들려 밥알을 꼭꼭 씹질 못했거든. 그래서 간호사 언니가 뽑아주었어. 뽑은 이를 어찌했는지는 난 모른다. 꼭 환한 달밤에 하얀 박꽃 핀 초가지붕 위로 던지면서 이렇게 소원을 빌어 달라 했지.

'헌 이는 너 주께 새 이는 내 다오…' 세 번을 속으로 뇌 라고 했어. 그러마고 했는데 나중에 묻는 걸 깜빡 잊어버려 묻지는 못했어. 이제 몇 개밖에 남지 않은 부실한 이로 내 남은 생을 지탱할 수밖에 없구나.

얘야.

아흔을 넘긴 이 나이에 더 이상 내가 바랄 게 뭐가 있겠 니. 단지 내 새끼들의 건강과 안위를 걱정할 따름이다만 걱 정한다고 그것이 다 해결되는 건 아니란 걸 난 벌써부터 알 고 있단다. 하지만 오늘도 이 어민 또 걱정뿐인데….

요양원에서 내다보이는 바깥 풍경이 무척 생소하구나. 이 상하게도 풍경이 나날이 바뀐단다. 건물의 색깔이며 자동 차들이 말이야. 자동차는 풍뎅이가 되어 온통 하늘을 날아 다니지, 건물들은 우중중한 몸에 색동옷 갈아입고 손을 흔 들지, 온통 정신이 없을 지경이야. 언젠가 네가 말한 적이 있지?

"어머닌 시인의 상상력을 가지고 있군요."

그래, 난 시인의 어미니까 그렇게 생각하다가도 어쩐지 네가 어미에게 농을 다 하는구나 싶었다.

일전에 네 가족이 다녀간 뒤로 큰딸 선보와 외손주 지우가 와서 나를 데리고 아파트로 갔었지. 이따금 가보는 곳이지만 늘 낯설고 늘 두려워. 인젠 어디로 간다는 것이 그다지 반갑지만은 않구나. 오줌이 나오는 줄도 모르고 팬티에 오줌을 지리니 애들이 좋아할 리가 없지. 그래서 기저귀를 찼구나. 갓난아이의 기저귀를 차니 갓난아이마냥 울고만 싶은데 울음 한 방울 나오질 않아.

아들아. 기억나니? 처음 네가 나를 요양원에 가두었을 때 난 치매란 이름의 '정신없는 것들'하고 산다는 게 죽기보다 싫었단다. 사실 내가 그런 환자인데 말이야. 그때 난 조금의 소동을 일으켰지.

요양원 언니들이 내게 환자복을 입히고 파마한 내 머리에 가위를 대려고 했거든. 요양원에서 감히 가위를 대다니 어찌 이런 일이 있을 수 있단 말이냐. 목욕하고 머리 감기 좋게 짧게 자르는 거라는데 유태인 수용소도 아니고… 흡사 여자 수인처럼 만들어놓았지 뭐냐. 아무리 늙어도 난 여자거든. 보기 흉한 건 둘째 치고 이건 도무지 내가 아니었어. 그러니 내 분노가 어떠했겠니. 난 한바탕 했지. 커튼을 찢고 간호사를 밀치고 머리를 쥐어뜯었지. 그리고 벽에 걸린 TV선을 잡아채 TV를 바닥에 내팽개쳤지. 브라운관의 유리가 박살나고 파편이 바닥에 튀었어. 장관이었다. 장관이었구말구.

내가 너와 함께 살 때였어. 난 정화조 플라스틱 환기통을 발차기로 부러뜨린 적이 있었어. 아무리 노인이지만 분노가 극도로 치솟으면 힘이 무척 세어진다는 것도 알게 되었어. 그래서 난 하나의 별명을 획득했지. 헐크 할머니. 평소엔 양순하게 요양사와 간호사들하고 잘 지내다가 저녁만되면 분노가 치솟아 견딜 수가 없었어. 당연히 한바탕 난리를 피우곤 했지. 인젠 그마저도 다 사그라졌구나. 분노할 힘도, 기억해야 할 이름도 다 잊었구나.

너와 단 둘이 함께 살 때 난 어디론가 정처 없이 떠나고 싶었어. 먼먼 어린 시절이 선명히 떠오르면 엄마가 아직도 쌀을 씻고 계시고, 아버지가 제천 의림지에서 낚시를 하고 있는 모습이 문득문득 떠오른다. 동생들, 심지어 나의 할머니 할아버지까지 떠올라. 특히 목침을 베고서 긴 장죽을 물고 누운 할아버지의 여름날 한가한 모습은 참 가관이었지. 매미는 왜 그리 바람결에 청아하게 울어대던지….

그렇게 먼 데 기억은 선명한데 가까운 기억은 백지로 남아 난 너를 괴롭히곤 했지. 돈을 요 밑이나 베갯잇 속, 장롱 구석진 곳에 꼭꼭 숨겨놓고 난 그 돈을 어디다 두었는지 몰라 헤매곤 했지. 그럼 난 네게 이렇게 소리치곤 했어.

"이 도둑놈아 내 돈 내놔라. 어서 내놔."

그러면 넌 몇 시간이고 집 안팎을 뒤져 그 돈을 찾아주었지. 난 그 돈을 다시 깊숙한 모처에 숨기고 또 찾아내라 소리치고… 우리의 보물찾기 놀이는 늘 그렇게 계속되었단다. 결국 그 돈 백만 원은 외손주 지우에게 네가 전달했다고 들었다. 핏덩이를 데려와 내가 키운, 내 자식들보다 더 사랑스런 지우. 그 아이의 혼인날 나는 속으로 울었구나. 고맙다. 그 숨바꼭질한 돈을 잘 전달해줘서.

하지만 얘야. 내 어찌 지우만 사랑했겠니? 다섯 손가락 중 어디 하나 아프지 않은 손가락이 있다더냐?

네가 젊을 적에 선생 되는 대학을 그만두고 무작정 유랑

생활을 했을 때 난 겨울 내내 너를 기다렸다. 네가 왜 그랬는지 이 어민 알 수가 없었다만 난 새벽에 일어나 부처님께 기도했지. 그리고 예수님께도 똑같이 기도했어.

'내 아들 돌아오게 해줘요. 제발요. 걔가 안 돌아오면 재미없을 줄 알아요, 아셨지요?'

내 협박에 겁을 집어먹었던지 능력자 두 분이 합동하여 널 기어코 찾아냈구나. 넌 눈이 펑펑 오는 날 돌아왔어. 완전 거지가 다 되어서 돌아왔지. 누더기 바지와 해진 윗도리, 팬티는 삭아서 너덜거렸지. 무엇보다 더욱 가관인 것은 네 눈빛이었어. 뭔가를 멀리 보는 듯한 퀭한 눈을 이 어민 잊을 수가 없구나. 그날 구운 꽁치와 이밥에 소고기 뭇국을 얼마나 맛있게 먹던지 지금도 눈에 선하구나.

내가 기억이 사라져간다는 기별을 듣고 큰아들인 네가 달려왔을 때 난 네가 한없이 고마웠다. 우리의 '사 년의 전쟁'은 그렇게 시작되었다.

난 매일 울었지. 낮에도 울고 저녁에도 울고 한밤중에도 울고 새벽에 깨어서도 울었지. 왜 그리 눈물이 나던지 모르겠더구나. 도무지 내가 누구인지 알 수가 없어 울고 또 울

"미소가 아름다운 내 어머니 '이화선' 여사님과 함께!"

었단다. 난 한밤중에 시골동네 골목길, 개울가 둑방, 가을걷이 끝난 논 한가운데를 헤매었지. 때로는 좀 더 멀리 호숫가로 간 적도 있었어. 우거진 갈대숲에서 새들이 푸드덕 날아오르고 달은 호수에 잠겨 잠이 들어있었지.

그리고 너를 생각했어. 내 큰아들이 아직 돌아오지 않았는데 지금 어디서 뭘 하는지 난 궁금하여 달에게 물어보곤 했지. 그러면 호수에 잠긴 달이 잠결에 얘기하기를, 기다려요 곧 돌아올 테니. 그럴 땐 물결이 잔잔히 일어 달이 몸을 떠는 것 같은 느낌이었단다.

그래. 넌 돌아왔고 나와 함께 지냈지. 하지만 저녁을 먹은 뒤, 난 곁에 있는 너를 잊어버리곤 예전의 집 나간 너를 찾아 또 헤매곤 했구나. 그런 어미의 방황을 좇아 너도 한밤중을 헤매었고….

미안하다. 사랑한다. 하지만 넌 이 어미 속을 참 많이 썩였어….

네 아비 마흔다섯에 죽고 난 혼자 지우를 키우며 살았다. 무척이나 외로운 생활이었지. 선생이 된 네가 춘천에서 함께 살자 했건만 난 이 작고 비쩍 마른 외손주를 놓을 수가 없었지. 내겐 친손주도 있는데….

그리고 그 아이가 대학을 졸업하고 회사에 취직하여 결혼까지 했구나. 이제 난 혼자가 된 거야. 난 기억을 지워가는 백치가 된 거야.

다들 어디 있니? 너희들 내 맘을 알고나 있니? 내가 농담으로 부처와 예수께 기도를 올리는 줄 아니? 너희들 중엔 부처 섬기는 자식이 따로 있고 예수 섬기는 자식이 따로 있기에 난 공평하게 두 분께 정중히 기도를 드리는 거란다.

무슨 기도겠니?

부처님 제 자식에게 늘 웃어주세요. 예수님 제 자식에게 늘 사랑을 주세요. 웃음 속엔 행복과 건강이 있으니까. 사랑 속엔 따뜻함과 보살핌이 있으니까.

이제 난 인천 요양원 물망초실에 있다. 이 물망초 꽃말이 '나를 잊지 말아줘요'라지? 그래, 나를 잊지 말아다오. 내가 너희를 잊어도 너흰 똑똑히 나를 기억해다오.

사랑하는 아들아.

내 사랑하는 자식들아.

엄 마 의

말 한 마 디

신 은 경

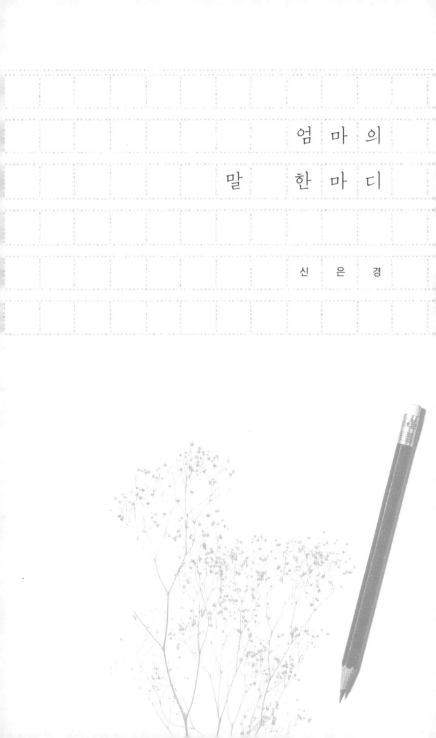

신은경

성신여대 영어교육과를 졸업하고, 영국웨일즈대학교 언론대학원을 졸업했다. 1981년 KBS 아나운서 공채 8기로 입사해, '지상파 방송 최초 여성 단독 앵커'라는 타이틀을 얻으며 1981~1992년까지 〈KBS 9시뉴스〉를 진행해 화제가 되기도 했다. 현재 한국청소년활동진흥원 이사장을 역임하고 있다.

2005년 7월 27일. 어머니를 땅에 묻고 왔다. 엄마의 몸에서 태어난 이남 이녀 사 남매는, 고향 선산에 삼십 년 전 돌아가신 아버지의 유골과 함께 엄마를 고이 묻고 산을 내려왔다. 추운 공동묘지에 아버지를 묻고 내려오던 삼십 년 전 그때와는 사뭇 다른 느낌이다.

슬픔보다는 안도감이라고 할까. 차라리 '이제 됐다' 하는 생각이 든다. 긴 세월 홀로 네 자식 키우느라 긴장의 끈을 늦추지 못한 어머니가 모든 걸 놓아두고 그토록 그리워하던 남편과 함께 묻혔으니 말이다.

어렸을 땐 엄마를 "엄마"라고 불렀다. 어른이 되어 회사를 다니기 시작하면서는 좀 더 폼 나고 격식 있게 불러보려고 엄마를 "어머니"라고 부르기 시작했다. 그 후 오랫동안 그렇게 불렀다. 시간이 흘렀고, 내가 늙는 만큼 엄마도 늙어 건강까지 나빠지셨다. 엄마가 췌장암 진단을 받은 2004년 7월 이후 나는 다시 어머니를 "엄마"라고 부르기 시작했다.

처음 엄마의 병명을 들었을 때, 나는 귀를 의심했다. 엄마가 췌장암이라니. 이 의사는 어떻게 이렇게 초연하게 진단을 내릴 수 있을까. 지난 봄에 정기검진을 받으셨고 아무런 이상이 없던 엄마였다. 엄마 배를 꾹꾹 눌러보고 "괜찮으시죠?"하며 돌려보냈던 의사인데, 어떻게 내 앞에서 엄마의 병명이 암이라고 말할 수 있을까. 어떻게 삼 개월, 길어야 육 개월 남았다고, 수술도 할 수 없다고 말할 수 있는 것인가. 믿을 수가 없었다.

엄마가 살아계실 날이 얼마 남지 않았고, 곧 돌아가실 거라고 생각하니 눈물이 났다. 세상에서 가장 고치기 힘든 병으로 엄마가 죽는다고 생각하니 하루하루가 힘들었다. 매일 엄마를 위해 기도하며 기적이 일어나길 빌었다. 엄마가 기적처럼 일어나는 모습을 상상했다.

짧으면 삼 개월, 길면 육 개월 남았다는 의사의 말과는 달리 엄마는 일 년을 더 사셨다. 그렇게 엄마의 건강은 서서히, 천천히 나빠져 갔다.

엄마가 건강하셨던 지난날, 나는 엄마를 전도해야겠다고 마음먹었다. 결혼을 하고 교회를 다니기 시작하면서부터 엄마에게 종교 이야기를 자주 꺼냈다. 당시를 회상해보면, 엄마는 나의 어줍잖은 복음 전파를 불편해하시고 꽤 부담스러워하셨다. 종갓집 맏며느리로 시집와서 평생 조상 제사를 모시며 살았는데, 그렇게 쉽게 천국 가겠다고 따라나설 수는 없다는 것이 엄마의 논리였다. 그런 엄마를 이해 못하는 것은 아니었다. 그러다 결국 엄마는 내 성화에 못 이겨, 병상에 누워 떠밀리다시피 세례를 받으셨다.

그 뒤로도 엄마의 투병은 계속되었고, 어느덧 죽음이 문턱을 넘어 다가오는 게 느껴졌다. 그리고 2005년 7월 24일 밤 10시 55분. 엄마는 가쁜 숨을 마저 몰아쉬고는 세상을 떠나고 말았다. 마지막 쓴 약을 넘기는 듯한 얼굴을 한 번 하시더니 곱게 잠든 모습으로 그냥 가셨다.

"환하게 웃고 있는 우리 엄마 '이명근' 여사님!"

"엄마, 엄마, 살았지? 영원히 살았지? 죽음은 생의 끝이 아니라, 영원한 생명의 시작인 생일날이라고 했어. 잘 가요. 엄마, 많이 사랑하고 많이 고마워요."

엄마의 장례식이 있던 날, 엄마는 한 번도 만난 적 없는 내 지인들이 영정 앞에 절을 올린다. 지난 십 년 동안 내가 밖으로 다니며 섬기고 찾아다녔던 사람들이 고개 숙여 고인을 추모한다. 나는 내 딸이 핏덩이일 때부터 엄마에게 맡겨놓고 바깥일에 바빴다. 정치하는 남편 뒷바라지한다고 여러 지역을 돌아다녔고, 사회생활 한다고 정신없던 딸이었다.

엄마는 영정 앞에 절을 올리는 이 많은 사람을 보고 뭐라 말하셨을까. 엄마는 "사람들에게 잘해야 한다"라고 말하셨겠지. 내가 게을러질 때마다 나를 부추겨 주셨겠지. 엄마 가시는 길에 꽃도 많고 사람도 많다. 외롭진 않으시겠지…. 엄마의 사진이 환하고 예쁘게 웃고 있다. 꼭 살아서 웃는 것처럼 말이다.

"엄마, 고맙고 미안해. 그리고 사랑해요."

육신은 떠났지만, 엄마의 말씀 한마디 한마디는 지금도 내 삶을 지배한다. 처음 운전을 시작했을 때 엄마는 이런 당부를 하셨다. "영업용 택시 기사에게는 무조건 양보해라. 그분들은 생계 때문에 운전하는 분들이니까…."

철부지 남동생이 공부를 등한시할 때마다 엄마는 달래듯 말씀하셨다. "너는 점점 잘되는 아이잖니, 앞으로 더 잘하게 될 거야." 자전거 사달라고 땅바닥에 누워 떼쓰던 아이가 커서 어느덧 우리나라를 대표하는 기업의 임원으로 일하고 있다. 엄마를 통해 나와 동생은, 우리 가족은 용기를 얻고 삶을 배웠다.

엄마는 무엇이든 내가 노력해 이룬 것에 기뻐하셨다. 아나운서가 되었을 때, 영국에서 박사학위를 받아왔을 때, 교수가 되었을 때, 엄마는 나보다 더 기뻐하셨다. 내가 영국으로 유학을 떠난 뒤론 두 달 가까이를 날마다 울었다고 하셨다. 서른도 훌쩍 넘긴 딸이 외국으로 공부하러 갔는데 뭐가 그리 그리웠을까 싶었다. 누가 "은경이 잘 있지요?"라고 묻기만 해도 눈물을 글썽였다고 한다. 그땐 그 마음을 몰랐다. 내 자식 낳고 보니 이제야 그 그리움이 가슴에 사무치도록 이해가 된다.

얼마 전, 나는 일자리를 옮겼다. 대학에서 방송과 커뮤니케이션을 가르치는 교수 일을 잠시 접고, 청소년을 위한 일을 하는 곳에 책임자로 가게 되었다. 엄마가 살아계셨다면 얼마나 기뻐하셨을까 싶다. "네 자식처럼 온 정성 다해 돌봐야 한다. 정의롭고, 정직한 것을 가르쳐 주어라. 세상엔 공부보다 더 중요한 게 있다는 걸 알려줘야 한다"라고 말씀하셨겠지.

　돌아가신 엄마의 목소리가 들리는 것 같다. 엄마의 말 한마디에 힘을 얻고, 길을 찾던 지난날이 떠오른다.

닳 아 질 까　봐
쳐 다 보 기 도
아 까 운　자 식

박　상　률

박상률

청소년 문학의 대가로 불리는 작가 박상률은 1990년 '한길문학'에 시를, '동양문학'에 희곡을 발표하면서 작품활동을 시작했지만, 시 한 줄에 감동을 다 담아내지 못해 소설, 동화, 산문집 등을 여러 권째 쓰고 있다. 청소년 문학에 관심과 애정이 많아 계간 《청소년문학》의 편집주간을 오랫동안 맡았으며, 소설 《봄바람》은 청소년문학의 물꼬를 튼 작품으로 독자들에게 많은 사랑을 받았다.

얼마 전 고향 진도에 다녀왔다. 마침 고향 가까운 데에서 북콘서트(책 관계자마저도 '양인' 말인 '북콘서트'를 자연스럽게 쓰고 있는 현실!)와 강연이 있어, 떡 본 김에 제사 지내는 격으로, 또 참새가 방앗간 앞을 그냥 지나치지 않는 격으로 고향 집에 들른 것이다.

고향 집엔 팔순을 진즉에 넘기신 어머니가 계신다. 아버지가 세상을 떠난 뒤로 노모 혼자서 줄곧 지키고 있는 고향 집. 도시에 사는 자식들이 모셔가기라도 하면 그때마다 '징역도 이런 징역이 없다야!' 하시면서 손을 내저으시었다. 하루 종일 사람 발소리가 나지 않는 도시의 자식 집에서 지내는 게 고역이시어 그렇다. 시골에서 평생 늙으신 어머니는 도시생활을 못 견뎌하시며 금세 고향집으로 돌아가기만을 고집하셔서 몇 해째 혼자 지내신다. 어쩌면 집이 늙으신 어머니를 지켜주는지도 모른다.

처음엔 진돗개 '노랑이'가 있어 덜 적적해하셨다. 노랑이가 집에 들어오는 사람 검문도 해주고, 자식들 찻소리가 나면 골목 밖으로 먼저 뛰어나가 마중도 해주었다. 자식들 처지에서 보면 노랑이가 전화까지 받아준다면 금상첨화일 텐데… 물론 그러지는 않았지만 그런대로 멀리 있는 자식들보다 나았다. 그래서 전화를 했을 때 개 짖는 소리가 나면 안심하곤 했다. 하지만 어머니는 개 뒷바라지를 힘들어하시면서 노랑이 이후론 개를 기르지 않으신다.

"고것도 산목숨이라 때맞춰 밥 챙겨주어야 하는디, 사람이고 짐승이고 밥 멕이는 일이 보통이 아녀. 암만 혀도 힘이 부쳐 인자는 개까정 못 기르겄어야. 나도 갈 날이 가까워진께 내 입에 먹을 것 넣기도 쉬운 일이 아녀…."

자식들 처지에선 개가 있으면 짖어주고 재롱도 피워주니 좋을 것 같은데, 지팡이에 의존하는 어머니는 손사래를 쳐대셨다. 그래서 몇 해째 고향 집엔 개가 없다. 아무리 사람보다 개가 더 유명한 진도라지만 개를 상전으로 모실 수는 없으니까….

어렸을 때 형제들과 강아지처럼 섞여 몸을 비비던 좁아터진 쪽방에 나 혼자 누워 주말 내내 '숨쉬기 운동'을 했다. 방은 여전히 작았지만 예전처럼 좁게 느껴지지 않고 널찍하게 느껴졌다. 어머니랑 놀아주어야 한다는 생각보다는 예전에 형제들과 어울려 지내던 생각을 더 많이 했다.

다들 어머니의 속을 파먹고 이제 어른이 되어 제몫을 하며 살아가는 동생들. 맏이인 나로선 그런 동생들이 무척 대견스러운 일이기도 하다. 그러나 그 대가로 어머니는 저렇게 늙어버리신 것이리라. 우렁이는 자기 속을 다 새끼들에게 영양분으로 내어주고 종국엔 빈껍데기로만 남는다지 않는가. 어머니가 딱 그짝이리라.

밥 때마다 어머니는 뭐라도 하나 더 해서 아들을 먹이고 싶어하셨다. 하지만 나는 솔가지 같은 어머니의 앙상한 손을 보니 차마 그 손으로 만든 음식을 때마다 받아먹을 수가 없었다. 그래서 일요일 낮엔 억지로 차에 태워 밖에 나가서 먹자고 했다. 몇 군데 식당을 갔지만 일요일이라 문을 닫고 영업을 안 했다. 좀 멀리 가면 문을 연 식당이 많으리라. 나는 그 생각을 하며 차를 돌리는데 어머니가 가슴을

쏟어내리셨다.

"여그서 내려서 쉬었다 가믄 안 되끄나?"

"왜요?"

"내가 시방 속이 쪼깐 안 좋다."

어머니는 멀미가 난다며 차에서 내리셨다. 한참 동안 바깥바람을 쐬신 뒤에야 어머니는 다시 차에 오르셨다.

내가 시동을 걸자 어머니가 도리질을 하셨다.

"그냥 집으로 가자잉. 속이 영 안 좋아진다야…."

어머니가 속이 안 좋다는데 무슨 말을 더 할 수 있겠는가. 나는 집으로 차를 몰았다. 집 마당에 들어서자 어머니는 아버지가 서재로 쓰시던 행랑채 마루에 걸터앉으셨다. 나도 그 곁에 가서 앉았다. 두 모자가 오랜만에 따스하게 해바라기를 했다. 어렸을 때 그 마루에 앉으면 어머니는 곧잘 머리핀으로 귀를 파주시곤 했다. 먼 옛날 생각을 하며 슬며시 미소를 짓는데 어머니가 뜬금없는 소리를 하셨다.

"나는 다른 자석들은 걱정이 안 되는디, 너만 생각하믄 오싹 오싹허단께."

"그럴 필요 없어요. 어머니."

"이만하믄 괜찮은 것인디, 그래도 부모 맴은 그게 아닌가 벼."

"걱정하지 마세요. 다 살아가요."

"으째 걱정이 안 되겄냐. 느그 아버지도 맨날 니 걱정이었제. 다른 자석들은 때 되믄 새경 받거나, 점방에서 돈 들고 오는 손님 기다리믄 되는디, 너는 조선 팔도를 다 휘젓고 다녀야 허고 글도 써야 허고…"

어머니는 학교나 다른 직장에서 월급 받는 걸 새경 받는다 하고, 병원에서 환자 기다리는 걸 점방 차려놓고 손님 기다린다고 하셨다. 나는 나의 옹색한 처지보다는 어머니의 '언어 구사력'에 관심이 더 갔다. 직업의식이 발동한 셈이다. 그런 내 속내를 꿰뚫고 계셨는지 어머니는 결정적인 '한 말씀'을 더 하셨다.

"나는 옛날 사람이어서 그런지 몰라도 뭐니뭐니 혀도 맏

이가 가장 소중혀. 그려서 니는 처다보기도 아까운 자석이
여. 닳아질까 봬 겁나서 오래 쳐다 볼 수도 없단께!"

　나는 이 대목에서 앞발 뒷발을 다 들고 말았다. 어머니의
말씀 자체가 바로 시였다. 굳이 다른 말을 어디다 더 붙일
것인가. 늙으신 어머니를 '떼어놓고' 다시 일상 속으로 들어
가기 위해 서울로 돌아오는 날 아침, 어머니는 끝내 눈시울
을 붉히셨다.

　늙은 어머니
　날 볼 적마다

　닳아질까 봬
　쳐다보기도 아까운,
　금쪽같은 내 아들!

　어머니한테 나는 그런 아들인데
　허구한 날 허튼짓만 하는,
　나?

– 졸시 〈내리사랑〉 전문

120

서울 집에 오자마자 머릿속에서 구르고 있던 글귀를 종이에 토해냈다. 더 이상 다른 말이 필요 없었다. 아니, 다른 말을 더 붙이고 뺄 필요가 없었다. 그냥 어머니가 하신 말씀을 그대로 옮겨 적기만 했다. 시 한 편이 탄생했다. 어머니가 시까지 대신 써주셨다. 어쭙잖은 나란 인간은 이제 어디다 써야 하는지. 어머니는 시까지 대신 써주시면서도 날 금쪽같이 귀하게 여겨주시는데…. 십여 년 전에도 어머니가 시를 써주신 적이 있다.

서울 과낙구 실님이동…. 소리 나는 대로 꼬불꼬불 적힌 아들네 주소. 칠순 어머니 글씨다. 용케도 택배 상자는 꼬불꼬불 옆길로 새지 않고 남도 그 먼 데서 하루 만에 서울 아들집을 찾아왔다. 아이고 어무니! 그물처럼 단단히 노끈을 엮어놓은 상자를 보자 내 입에서 나도 모르게 갑자기 터져 나온 곡소리. 나는 상자 위에 엎드렸다. 어무니 으쩌자고 이렇게 단단히 묶어놨소. 차마 칼로 싹둑 자를 수 없어 노끈 매듭 하나하나를 손톱으로 까다시피 해서 풀었다. 칠십 평생을 단 하루도 허투루 살지 않고 단단히 묶으며 살아낸 어머니. 마치 스스로 당신의 관을 미리 이토록 단단히 묶어 놓은 것만 같다. 나는 어머니 가지 마시라고 매듭을 하나도 남기지 않고 다 풀어버렸다. 상자 뚜껑을 열자 양파 한 자루, 감자 몇 알, 마늘 몇 쪽, 제사 떡 몇 덩이, 풋콩 몇 주먹이 들어있다. 아니, 어머니의 목숨들이 들어있다. 아, 그리고 두 홉짜리 소주병에 담긴 참기름 한 병! 입맛 없을 땐 고추장에 밥 비벼 참기름 몇 방울 쳐서라도 끼니 거르지 마라는 어머니의 마음.

아들은 어머니 무덤에 엎드려 끝내 울고 말았다.

– 졸시 〈택배 상자 속의 어머니〉 전문

십여 년 전 칠순 때만 해도 택배를 보내셨던 어머니…. 그때가 그래도 좋았다고 해야 할지….

엄마의
꾸러미

채 인 선

채 인 선

우리나라 3대 동화작가로 꼽히는 채인선은 1955년 샘터사가 주최한 '엄마가 쓴 동화상 공모'에 《우리 집 안경곰 아저씨》가 당선되었고, 1996년 창작과비평사가 주최한 제1회 '좋은 어린이책 원고 공모'에 《전봇대 아저씨》가 당선되었다. 초등학교 교과서 수록 동화인 《내 짝꿍 최영대》《손 큰 할머니의 만두 만들기》《나는 나의 주인》을 비롯하여, 《아름다운 가치 사전》《나의 첫 국어사전》등 여러 권의 동화책과 그림책, 교양서를 펴냈다.

"엄마, 고마워!"

오늘 엄마에게 두 번째 꾸러미를 받았다. 첫 번째 꾸러미
는 설날을 며칠 앞두고 받았는데 설에 손님들께 낼 밑반찬
들이 고루 각색으로 들어있었다. 매실장아찌와 창난젓에
국민 밑반찬이라고 할 수 있는 콩자반과 멸치볶음. 이뿐이
아니다. 잘 마른 곶감과 간장게장까지. 곶감은 남편이 유독
좋아하는 거고, 간장게장은 큰애가 맛나게 먹는다는 것을
엄마는 알고 있다.

어제 받은 두 번째 꾸러미에는 내 봄 스웨터가 들어있었
다. 지난봄에 내가 잘 입고 다니던 분홍색 낡은 스웨터가

눈에 밟혔던 모양이다. 그 스웨터와 똑같이 짜주겠다며 보내라고 해서 부쳤더니 일주일도 안 되어 밑반찬 꾸러미와 함께 보내주셨다. 스웨터는 몸에 꼭 맞고 작은 봉지에 꼭꼭 담긴 밑반찬들은 역시나 매운 것, 짭조름한 것, 시큼한 것, 달짝지근한 것, 쫄깃한 것, 갖가지이다.

이쯤해서 엄마를 봐주어야 할까. 아니다. 겨우 밑반찬 두 꾸러미에 무장해제를 하는 것은 억울하고 손해나는 짓이다. 약해지는 마음을 다잡으며 반찬 정리를 하는데, 목도리를 감으며 출근준비를 하는 큰애가 거울 앞에서 외친다.

"엄마, 할머니한테 목도리 좀 짜달라고 해. 요즘에는 짧은 목도리가 유행이거든. 목에다 리본 하나 묶을 정도의 길이로."

"그럴까?"

"나, 필요하단 말이야. 노란색, 분홍색으로."

"그렇다면 세 장 떠달라고 해야지. 세 장 정도라면 마지못해 마음을 풀어줄 수는 있지. 필요하다면 용서도 해드리고."

큰애는 그만 흐흐 웃고 만다.

나는 엄마 때문에 귀농을 했다. 굳이 귀농을 할 것까지는 없었는데, 마당 있는 집에서 흙을 밟으며 살고 싶다는 엄마의 성화에 이끌려 일이 벌어진 것이다. 용인의 우리 시골집에서 지내다가 농사일 힘들어 못하겠다며 동생네 근처로 불쑥 아파트를 얻어간 지 두 해 지나서였다. 성당도 가깝고 일도 줄어 아파트로 오기 잘했다며 그리 좋아하더니만… 엄마가 다시 '마당 있는 집'을 외치기 시작했다. 남동생과 언니는 이번만큼은 엄마에게 붙은 역마살을 떼어내야겠다고 생각했는지 얼렁뚱땅 못 들은 척했다. 그런데 마음 약한 내가 다시 또 걸려든 것이다.

엄마를 혼자 어디 시골로 보낼 수도 없고, 우리가 살던 용인에는 마을 어느 영감이 지분댔다며 기분 나쁘다고 안 가겠다 하니 어쩌겠는가. 그래, 이참에 귀농을 하자 하며 남편을 설득하고 나니 판이 크게 벌어졌다. 이게 잘하는 짓일까 걱정도 되고 두려운 마음도 있었지만 엄마가 있으니 잘되겠지 했다.

엄마는 따지는 게 많았다. 마을에 공소가 있는지, 동생네와 언니네가 한두 시간에 올 수 있는 거리인지도 중요했다. 몇 개월 동안 발에 땀나게 돌아본 끝에 엄마의 고향 충주에 적당한 땅이 나와 계약을 하고 집을 지으면서 모든 일이 순조롭게 진행된다 싶었다. 이제 포도 키워서 포도주 만들어 먹자 하며 꿈에 부풀었는데 완공을 앞둔 지난해 9월 중순, 엄마가 갑자기 "나, 10월 1일에 대구로 내려간다"고 선언을 하는 것이다. 아는 신부님이 은퇴를 하셨는데 혼자 지내기 적적하다고 식간일 부탁을 했다는 것이다. 내가 낙담한 얼굴을 보이자 엄마는 머쓱해하면서도 "뭐, 나는 내 맘대로 어디든 갈 수 있지 않니?" 하며 일침을 놓았다.

그렇게 엄마는 가버렸다. 새로 지은 집은 아주 훌륭했지만 남편과 나는 왠지 김빠진 맥주처럼 처량했다. 엄마의 방으로 지은 구들방에는 무엇을 들여놓아야 하나, 툇마루에서 나물을 다듬을 거라며 툇마루를 놓아달라고 했는데, 이 모든 것을 그냥 가벼이 두고 엄마는 또 가버린 것이다. 동네 어른들께는 또 뭐라고 둘러대야 할지…. 엄마를 배웅하며 난 냉랭한 눈빛으로 "난 엄마한테 할 만큼 했어. 내 몫의 효도는 다 한 거야. 알겠지?" 하고 말했다. 그러나 천진한 엄마는 이것저것 다 품어 흐르는 (자기가 흐르고 싶은 대로 흐르는) 물길처럼 서운한 내색을 하지 않았다.

'일부러 전화 안 하기'와 '퉁명스럽게 전화 받기'를 몇 개

"언제 불러도 따뜻한 이름, 나의 '김순득' 엄마!"

월 하고 나니 이제 언 땅도 녹기 시작하고 진달래에 꽃봉오리가 맺히는 게 보인다. 그러곤 밑반찬 꾸러미들. 꾸러미 때문에 거는 전화, 전화 끝에 고맙다고 전하는 나… 아, 이게 뭐지? 백 년 동안 말 안하려고 했는데. 엄마의 성화에서 비롯된 귀농으로 우리 부부는 이제부터 시골 살림을 해야 하는데. 일은 지천으로 널려있고 냉이와 쑥도 지천으로 나고 있다.

꾸러미의 밑반찬을 정리하고 나서 난 내가 엄마한테 주는 마음이 더 클지, 엄마가 나한테 주는 마음이 더 클지를 곰곰이 따져보았다. 나에게 엄마는 단 한 사람이지만 엄마에게 자식은 셋이다. 그렇다면 나는 엄마에게 하나를 주고 엄마는 나에게 삼분의 일만 준다. 이건 천부당만부당한 불공평! 아마 나는 반대로 생각해왔는지도 모르겠다. 엄마는 나에게 다 주고 나는 엄마에게 (내 딸들에게 먼저 주고) 남은 것을 주는 거라고.

엄마와 우리 세 형제는 한동안 떨어져 지냈다. 엄마 없이 소풍을 가고 엄마 없이 입학식, 졸업식을 치렀다. 사춘기의 그 몇 해 동안은 낯선 새엄마를 엄마라고 부르며 컸다. 새 엄마에게 뺨을 맞은 적도 있고 설거지와 청소, 장보기는 기본으로 하고 다녔다. 엄마와 오가기 시작한 것은 내가 첫아이를 낳고부터였다. 내가 엄마가 되면서, 엄마는 나의 일상으로 깃들게 되었다.

사람들에게 "우리 부모는 일찍 이혼하셨어요. 그래서 엄마 없이 컸답니다"라는 말을 스스럼없이 하기까지 얼마나 오랜 시간이 필요했는지 모른다. 그것은 곧 나의 허물이었고 나의 상처였다. 내 상처는 다 아물었지만 가장 많이 읽힌 나의 책《내 짝꿍 최영대》에 관해 아이들에게 이야기할 때면 여전히 나는 가슴이 먹먹하다.

"엄마를 한 번도 본 적이 없어도, 지금 엄마와 떨어져 지낸다고 해도 우리는 엄마를 사랑해야 합니다. 아니 우리는 이미 엄마를 사랑하고 있습니다. 엄마를 사랑하는 것은 나의 기원을 사랑하는 것과 같으니까요. 엄마를 사랑하지 않으면 나 자신을 부정하는 것과 같아요."

아, 나의 엄마! 기분 좋게 전화를 받으며 "너는 고맙다는 말을 해주어서 기분 좋다"며 웃으신다. 그러면 언니나 남동생에게도 꾸러미를 보냈다는 것! 고맙다는 말을 안 해주는 그들에게도 세 번째 꾸러미를 보내겠지 하는 데 생각이 미치자 잠재워둔 감정들이 솟구친다.

돌아가신 아버지는 사랑하기 쉬운데 살아 계신 부모는 사랑하기가 왜 이리 힘든지. 질투심에 억울함, 불공평에 대한 격한 분노. 하지만 어쩔 수 없다. 나 자신을 사랑하기 위해서라도 엄마를 사랑해야 한다. 난 엄마에게 전화를 걸었다.

"엄마! 해빈이가 봄 목도리 짜 달래. 세 장 정도 부탁해. 고마워."

매일　어머니의
새로운　모습을
발견합니다

이　승　은

이승은

인형작가로 활동하고 있다. 홍익대 서양화과를 졸업했고, 딸 아이의 장난감을 만들기 위해 시작한 인형을 지금까지 만들고 있다. 〈어린이 마을〉, 〈엄마 어렸을 적엔〉이란 주제로 수차례 전시회를 열었고, 특히 1996년도 전시회에서는 전국 관객 130만 명이라는 진기록을 세우기도 했다. 사진집 《엄마 어렸을 적엔》, 수필집 《다음 정거장은 희망역입니다》, 그림책 《눈사람》《똥 푸는 날》《서랍 속의 만화책》 등이 있다.

마침내 봄이 왔습니다. 봄이 오길 손꼽아 기다려서인지 어김없이 찾아온 자연의 변화가 참 소중하고 감사합니다. 요즘 새로 시작한 일과 중 하나는 집 앞 공원에 나가 한가로이 따스한 햇볕을 쬐는 일입니다. 얼마 전부터 함께 살게 된 친정어머니와 함께요.

어머니와 함께 천천히 산책을 하면서 나뭇가지에 새순이 움트고 파릇파릇 새싹들이 돋아나는 모습들을 마치 생전 처음 보는 듯 감탄을 하며 바라봅니다. 그럴 수밖에요. 힘들고 기나긴 겨울을 지나 왔으니까요.

작년 여름, 작은 실수로 어머니는 몇 달 동안이나 침대생활을 하시게 되었습니다. 치맛자락에 발이 걸려 넘어지셨는데 처음에는 금이 간 정도로 깁스만 하면 될 줄 알았지요. 그런데 병원에서의 진단은 뜻밖에도 뼈가 여러 조각으로 부러져서 철심을 박는 수술을 해야 한다는 것이었습니다. 방에서 가볍게 넘어졌을 뿐인데 뼈가 조각나다니 어떻게 그럴 수 있느냐는 말에, 의사선생님은 연세 많으신 할머니들에게는 흔한 일이라고 당연한 듯 말했습니다. 연세 많으신 할머니… 아차, 싶은 생각이 들더군요.

나도 이미 손자가 있는 할머니면서 어머니를 아직도 '엄마'로만 생각하고 있었다니요. 늘 곱게 화장을 하시고 활기차게 생활하셨기에 그렇게 나이 드신 줄 잊고 살았습니다. 뼈에 구멍이 숭숭 뚫려 넘어지기만 해도 부스러지는 줄 모르는 한심한 딸이었습니다.

어려운 일은 파도처럼 밀려온다더니 그 말이 딱 맞습니다. 수술 결과가 좋지 않아 어머니는 재수술을 해야 했고 그 와중에 아버지께서 갑자기 돌아가셨습니다. 두 분 다 병원 가는 일도 별로 없이 건강하게 사셨는데, 갑자기 한 분은 움직이지 못하시고 한 분은 영영 곁을 떠나고 마신 것입니다. 언제까지나 '백세청춘'으로만 사실 줄 알았지 그런 일이 닥치리라고는 미처 눈치 채지 못했습니다. 아니, 눈치 채지 못한 게 아니라 그만큼 부모님께 무심했던 게지요.

언젠가 남편이 부모님 산소에 다녀와서는 이런 말을 한 적이 있습니다. 산소에 잡초가 무성하면 내가 걱정 없이 잘 살고 있다는 거고, 산소가 깨끗이 정리되어 있으면 내 마음이 중심을 잃거나 무엇을 선택해야 할지 망설일 때인 것 같다고 말입니다.

처음엔 무슨, 자기 마음이 편안해야 산소도 잘 돌보는 게 아닌가? 했는데 다시 생각해 보니 그런 것도 같았습니다. 아마 답답한 마음을 돌아가신 부모에게라도 기대고 싶어 산소를 찾았던 게지요. 편안할 때는 거의 잊고 지내면서….

어머니는 작은 가내공장을 운영하시며 사십여 년 넘게 인형을 만들어오셨습니다. 여고 시절 미술 부장이던 어머니는 그림을 그리는 대신 인형을 배우게 되었고, 취미로 시작한 인형만들기는 어느덧 외갓집 여러 식구를 비롯한 대가족의 생계 수단이 되었습니다.

한동안 집집마다 인형이 장식품으로 놓이고 토산품으로

수출도 많았던 시절, 엄마는 하루 종일 인형 속에 파묻혀 일만 하셨지요. 일하는 분들이 많이 있어도 상품으로 내보내는 마지막 마무리는 어머니의 손길을 거쳐야 했기에 항상 어머니 앞에는 인형들이 가득 쌓여있었습니다.

남들 눈에는 보이지도 않는 속치마의 실밥까지 꼼꼼히 살피느라 엄마의 고개는 늘 숙여져 있었지요. 가끔은 어리광을 부리고 싶어 엄마 주위를 맴돌아도 눈길 한번 주지 않고 인형들만 만지는 엄마가 야속해 피! 하고 입을 삐죽이며 돌아서던 기억이 납니다.

어린 기억 속의 엄마는 화려한 색색의 인형에 둘러싸여 있어도 어쩐지 흑백사진으로, 마치 움직이지 않는 묵묵한 큰 산의 모습으로만 떠오릅니다.

많은 식구들이 북적거리며 살았기에 엄마의 빈자리는 그다지 크지 않았지만, 오순도순 엄마와 다정한 대화를 나눈 기억은 별로 없습니다. 내가 시집을 간 후로도 엄마는 한참을 바쁘게 사셨고 그 후에는 나 사느라 바빠서 엄마와 특별한 추억도 갖지 못했네요. 저 역시 바쁘다는 핑계로 내 아이들을 살갑게 대하지 못했습니다.

"흑백사진처럼 아련한 우리 엄마 '선자옥' 여사."

오죽하면 시집 간 딸아이의 불만이 저와 함께 찜질방 한 번 제대로 가지 못했다는 걸까요? 찜질방을 가지 않아서가 아니라 그저 편안히 누워 이런저런 이야기를 나누는 그런 친밀한 시간을 함께 하지 못했다는 거겠지요. 늘 작업대에 앉아 일하는 엄마의 등만 보고 자라난 아이들이 얼마나 외로웠을지 누구보다 잘 알면서, 결국 뒤늦은 후회를 하고 말았습니다.

아버지가 돌아가신 후 어머니와 함께 지내게 되었습니다. 평소에는 딸네집에 모처럼 놀러 오셔도 서둘러 집으로 돌아가곤 하셨는데, 함께 살게 되니 여러모로 불편하셨을 겁니다. 무던히 참고 계시는 어머니를 보면 마음이 아프기도 합니다. 하지만 인생은 새옹지마라고 그 덕분에 어머니와 함께 소중한 추억을 쌓고 있네요.

몇 달이나 걷지도, 편히 앉지도 못하시는 엄마를 옆에서 지켜보는 건 힘든 일이었습니다. 하지만 봄이 오면 걸어서 꽃놀이 가자는 소망대로 차츰 건강을 회복하시는 모습을 보면 흐뭇하기도 합니다. 소소한 일상을 함께 하고 서로를 알아가는 일은 즐겁습니다. 무관심한 줄만 알았던 어머니의 속마음과 사랑을 무심한 말 속에서 느끼기도 합니다. 옛날이야기를 하다 보면 둘만의 오붓한 추억은 없지만 함께 나눌 수 있는 이야기들이 꼬리를 물고 계속되네요.

재미있는 것은 어머니가 나에게는 흑백사진 속의 큰 산으로 머물러 있듯이 어머니에게 나는 여전히 뾰족한 새침데기 맏딸이라는 것입니다. 밥상은 금세 뚝딱 차리지만 성격은 더 느긋해지고 손자에게 할머니 말투를 쓰는 딸을 보며 신기해하시니까요. 저 역시 늘 묵묵해 보였던 어머니의 새로운 모습을 발견할 때마다 새롭고 신기합니다. 어쩌면 먼 세월을 돌아 비로소 내 엄마를 찾은 것 같아요.

나 도

엄 마 있 어

정 끝 별

정끝별

이화여대 국문과와 동 대학원을 졸업했다. 시인이자 문학평론가이며, 현재 이화여자
대학교 국문과 교수로 재직 중이다. 저서로는 시집《자작나무 내 인생》《흰 책》《은
는이가》등이 있으며, 시론·평론집《패러디 시학》《천 개의 혀를 가진 시의 언어》등
이있다. 여행산문집과 시선평론집이 다수 있으며, 2004년 유심작품상, 2008년 소월
시문학상, 2015년 청마문학상을 수상하였다.

사춘기 육 남매들 말썽 피울 적이면 엄마는 말했다

열 살까지는 부모 책임
스무 살까지는 반반 책임
스무 살 넘어서는 다 니들 책임이라고

책임을 다해 살았다

고, 믿는 나도 그때의 엄마가 되어 사춘기 딸에게 말했다

열 살까지는 내 책임

스무 살까지는 반반 책임
스무 살 넘으면 네 책임이라고

스무 살 스무 살까지만 하고 엄마처럼 살았다

보청기를 달고 전화로도 기차화통이신
여든다섯의 엄마는 여태껏 책임을 초과해
쉰셋의 늙은 딸 아침을 알람중이시다 일어났냐
목소리가 왜 그러냐 아프냐 고단하냐 귀찮다고
끼니 거르지 말고 따순 아침밥 먹고 나간 자식들
안 삐뚤어진다 파김치 시어진다 다녀가라

나는 엄마처럼 살지 않아야 한다

두 딸이 스무 살 스무 살만 되면 누구도 희망하지 않을 거다
나 자신조차도

- 졸시 〈삼대〉 전문

며칠 전에 마감을 친 시다. 열아홉 살, 스물두 살 딸들을 생각하며 쓴 시다. 실은 고3이 된 둘째 딸과 한 판 붙고 일 년 만 더, 일 년 만 더, 하며 스스로를 울력하며 쓴 시다. 첫째에 이어 둘째가 고3을 맞은 고난의 정점에 이르러서였을까. 최근 엄마에 관한 시들이 몇 편 써졌다.

칠 년 전 홀로 되신 후 올 해 들어 부쩍 기력이 쇠해지신 탓에 엄마가 더 자주 생각났던 것일 테지만, 내년이면 스무 살이 되는 둘째딸을 끝으로 두 딸의 보호자로서의 책임을 다했다는 내 피로감과 안도감에 더해 육 남매를 키워낸 여든다섯 엄마의 고단함이 동시에 물밀려 왔던 까닭이기도 할 것이다. 딸 둘도 이렇게 힘이 드는데 엄마는 아들 넷과 딸 둘을 어떻게 다 건사하셨던 걸까.

아버지는 1926년 병인생 호랑이띠다. 어머니는 아버지보다 여섯 살 연하니 1932년 임신생 원숭이띠다. 원숭이는 호랑이와 상극이다. 호랑이띠에 화(火)성에 B형인 아버지는 매파의 도움으로 멀리서 엄마를 본 후 맘에 들었고, 원숭이와 궁합이 좋다는 1928년 무진생 용띠라 속이고 결혼허락을 받으셨단다. 원숭이 띠에 금(金)성에 A형인 엄마가 아버지와 다투시고는 아버지를 뒷담화할 때 들었던 얘기다. 엄마의 뒷담화에는, 띠를 속이지만 않았어도 결혼이 허락되지 않았을 것이고, 이렇게 싸우는 건 원래 호랑이와 원숭이가 상극인 데다 자신이 '불에 든 쇠'의 형국이라서 이렇게 속이 타는 것이라는 항변이 담겨 있었다.

1951년 겨울, 엄마는 당시로서는 만혼에 가까웠던 스무 살에 국군과 인공군이 오락가락하던 전쟁 중에 결혼해 막내인 나를 1964년에 낳았으니 나는 두 분의 알콩달콩한 신혼을 모른다. 내 기억 속의 두 분은 상극인 호랑이띠와 원숭이띠의 만남 그대로 상충하는 지점들이 많았고 자주 다투셨다. 아이가 여섯인데 안 다투는 게 이상한 일이기도 할 것 같다.

나로 말할 것 같으면, 태어나보니 호랑이 같은 아버지 밑으로 열두 살, 열 살, 여덟 살, 두 살짜리 오빠들과 여섯 살짜리 언니가 제 나름의 눈들을 굴리며 나를 내려다보고 있었다. 내리 아들 셋 다음에 딸이 생겼고, 아들 셋 밑의 딸 하나는 외롭고 또 남자아이처럼 자랄 거라는 걱정에 딸 하나를 더 원했으나 막내오빠가 내 앞을 새치기했던 셈이다. 그러니 가부장적인 집안의 딸이었음에도 나름 찬밥신세는

면했으리라. 내 이름 '끝별'에는, 나를 끝으로 별 '星(성)'자가 줄줄이 들어가는 여섯 자식들의 대미를 장식하겠다는 두 분의 결연한 의지가 담겨 있었으리라. 어쨌든 그때, 엄마는, 열두 살부터 한 살까지 줄줄이 여섯의 자식을 건사해야 하는 처지였다. 시어머니나 시동생 얘기는 논외로 치더라도 말이다.

태어나자마자 센 남자들에 둘러싸여 자랐던 나는, 약자혹은 타자로서의 엄마나 언니보다는 강자들인 남자들을 롤모델로 삼았던 듯도 하다. 그래서 그런지 내 시에는 엄마나 언니보다는 아버지와 오빠들이 더 자주 등장한다. 그렇게 집안 최강자로서의 아버지가 내 미혼의 중심에 있었던건 확실하다.

그러나 현모양처를 기대했던 아버지의 기대와 달리, 나는일을 했고 돈을 벌었다. 삶이 막막하고 밥벌이에 지칠 적이면 전업주부였던 엄마보다는 아버지를 먼저 떠올렸다. 아버지라면 어떻게 헤쳐 나가셨을까, 아버지는 왜 아들들에게처럼 내게도 이 막막함 속에서의 생존법을 전수해주지 않으셨을까, 하며 아버지에게 길을 묻곤 했다. 그때마다 나는, 아버지의 딸이라고 생각했었다.

헌데, 결혼해 스무 해를 넘기며 살다보니, 아버지에게 길을 묻기 이전에 엄마는 내게 길을 보여주고 길을 터주고 있었음을 알게 되었다. 사소한 일상생활과 살림살이와 관계맺기를 나는 엄마에게 보고 배웠다. 경우 바른 엄마로부터 사람들에게 크게 욕먹지 않는 법을 배웠고, 책임감 강하고 엽엽한 엄마로부터 두 아이를 키우고 가족을 건수하는 법을 배웠고, 솜씨 좋은 엄마로부터 손끝이 여물다는 소리를 듣고 살게 되었고, 억척스러울 정도로 강인한 엄마로부터 함부로 포기하거나 지지 않는 법을 배웠던 셈이다.

"검정 땡땡이 한복에 분홍 양산을 들고 화사한 분향기에 쌓여 사뿐히 걸어와"(《십일월 5》) 내 어깨를 으쓱하게 했던 학부모 방문 때의 엄마, "엄마는 키질에 명수/ 엄마와 키와 바람은 한 몸 되어/ 먹을 것 먹지 못할 것/ 쓸 것 쓰지 못할 것들을 가려내곤 했"(《키질하는 바람》)던 살림의 명수였던 엄마, "우리 귀떨어진 날이면 흰 머릿수건을 두른 어머니도/ 젊은 대추나무 한 그루로 서서/ 쌀과 물과 실을 받쳐 들곤 했었는데/ 만군사를거느리게하시고명도삼천갑자동박석이명을태워주시고복도갖은복을주시고앞길환히비춰주시

고……/ 두 손 싹싹 빌며 조아리곤 했었"《대추나무 한 그루》
던 조왕신과도 같았던 엄마…… 어느 날 늘어질 대로 늘어
져 버린 엄마의 뱃살을 보며 쓴 시도 있다.

반백 년하고 반의 반백 년을 묵은
늘어진 뱃가죽 첩첩이 접혀지는 수평선
엄마는 한 손으로 수평선 한 자락을 처억 들어 올려
초록 이태리타올로 쓰윽쓰윽 문지른다
처억 처억 맨 밑자락을 들어 올리면
흰 거품에 뒤덮인 꽃무리
밑에 밑자락까지 사태져 튼 살들

제 나온 배에게서 제 들어갈 배에게로
누가 펼쳐놓았을까 저리 소스라치게
여자라는 처억 깊은 수평선에
우리를 태우고 왔던 백 년 묵어가는 배 위에
물비늘 진 바람의 희디흰 흉터들
은어 떼였을까 거슬러가고픈 움푹 발자국들
벗어놓고 깜빡 잊은 속치마처럼

배꼽에서부터 피어나는

아직 더운 사방연속의 상형문자들

백 년 묵은 누런 꽃숭어리의 저 주술

- 졸시 〈백 년 묵은 꽃숭어리〉 전문

　내 기억 속의 엄마는 늘 식구들 먹거리와 입성을 위해 동분서주했다. 엄마는 손도 크고 손맛도 좋았다. 그런 엄마의 마음 씀씀이와 손맛 때문인지 집안은 늘 손님이 끊이지 않았다. 친인척들은 물론이고 심지어 오빠 언니의 친구들까지 먹고 자기 일쑤였다. 엄마의 슬하는 화수분의 그늘과 같았다. 그렇게 엄마는 어언 반백 년에 반의 반백 년을 엄마로 살아내는 중이다. "여자라는 처억 깊은 수평선에/ 우리를 태우고 왔던 백 년 묵어가는 배"처럼 말이다.

　여든다섯의 엄마는 꿋꿋하게 혼자 사신다. 집안 살림은 물론 자식들이 좋아하는 온갖 김치며 부꾸미며 찰밥이며 사골이며를 챙겨주실 정도로 아직은 정정하시다. 그런 엄마가 얼마 전 어지럽다, 머리가 아프다, 숨이 차다 하셔서

"1951년 겨울,
아버지의 고향이자 어머니의 고향인 영암에서 올린 혼례식 사진.
혼례기념일이 내 생일과 같다."

가슴이 털컥 내려앉은 적이 있다. 아버지가 여든넷에 돌아
가셨기 때문이기도 할 것이다. 쉰이 넘은 막내딸의 먹거리
와 잦은 병치레를 걱정해주고, 하루가 멀다 전화를 걸어 시
시콜콜 잔소리중이고, 내가 엄마의 딸인 걸 자랑스러워 해
주고, 내가 좋아하는 것들을 기억해 챙겨놓고는 호출을 하
곤 하는, 그런 엄마가 내게도 있다, 아직까지는! 심신이 고
단할 적이면 나는 아직도 "나도 엄마 있어"라고 되뇌어 본
다. 그럴 적이면 울컥하니 힘을 받곤 한다. 그렇게 자식들
의 '뒷빽'이 되어주느라 엄마는, "벌써 속 빈 껍질이라니, 엄
마!"(《대추나무 한 그루》)가 되었다.

매운맛 든 햇대파 한 단
달랑달랑 사들고 와
베란다 빈 화분에 북주듯
다시 심고 있는 팔순의 엄마
일파만파 쏟아질 듯 웅크린 등허리

– 졸시 〈느릅나무 아래 – 십일월의 파〉 전문

154

"내가 공부를 더 했으면…" 하는 푸념 같은 엄마의 바람을 들은 적이 있다. 들으면서도, 공부를 더해 엄마는 어떤 삶을 살고 싶으셨던 것일까, 라고 생각해본 적은 없다. 그러니 엄마에게 물어본 적도 없다, 엄마 아닌 어떤 다른 삶을 살고 싶으셨던 거냐고. 엄마는 태어날 때부터 그냥 내 엄마 그대로였던 것만 같았기에. 그러고는 문득 궁금해졌다. 신 난스러운 삶의 고비를 건널 때 과연 내 딸들도 "나도 엄마 있어"라는 말을 떠올려줄까?

쉰이 훌쩍 넘었는데도 나는 아직껏 엄마에게 받은 게 너무 많다. 두 딸들에게 나는 내 엄마처럼 해줄 수가 없다. "다 어디 갔지? 달디단 울 엄마!"(《단팥빵 1》), 그런 엄마처럼 은 아무래도 살 수가 없다. 나는 분명, 내가 어떤 다른 삶을 살고 싶은지를 알고 있으니 말이다.

엄 마 와

봄 동 파 절 이

금 동 원

금동원

세종대학교 서양화과를 졸업하고 동 대학원 미술과를 졸업했다. 자연, 생명, 음악, 시간, 추억 등 인간의 가장 아름다운 감성을 조형시어와 색채로 표현하는 화가로 색채의 시인, 색채의 연주자라고 불린다. 서울, 파리, 베를린, LA 등에서 다수의 개인전과 KIAF, 칸아트페어, 뉴욕아트페어, 홍콩아트페어, 멜번아트페어 등 수백 회의 기획, 단체전을 가졌다. 1995년 ART AND WORDS MELBOURNE 최고작가상을 수상했다.

"아파, 아파, 아파!" 자꾸 아프다며 신음하시던 어머니의 목소리가 아직도 가끔 들리는 것 같습니다. 그마저도 그리움이라… 혼자 차를 타고 운전을 할 때면 어머니의 신음소리를 따라해 보기도 합니다. 많이 아프셨을 겁니다. 연로하신데다 폐가 안 좋아 수술도 할 수 없었고, 통증클리닉만 가능했으니까요.

치료 과정 중 온몸에 주사를 맞거나, 여러 검사를 받는 것은 또 다른 고통으로 다가왔습니다. 병을 더 오래 앓았다는 다른 누군가의 어머니들도 계시겠지만, 내 어머니는 일 년 정도 몹시 아파하시다 고통이 없는 곳으로 떠나셨습니다.

어릴 때 장이 안 좋아 배앓이를 자주 하던 내게 삭기가 있어 그렇다며 따뜻한 손을 배 위에 얹으시고 "내 손은 약손이다. 내 손은 약손이다" 하며 배를 쓸어 주시던 모습이 그때의 온기와 함께 떠오릅니다. 사무치게 따뜻한 그리움입니다.

어머니는 저에게 무엇인가를 의도적으로 가르치려고 하지 않으셨습니다. 한순간 한순간 사시는 모습 자체가 지식보다는 지혜가 앞섰고, 요령은커녕 무던한 인내로 항상 정갈한 삶을 사셨습니다. 인간답게 사는 것과 배려와 베푸는 것의 기쁨이 어떤 것인지 알게 해주셨습니다.

저는 그림을 그리는 화가로, 많은 전시와 작업으로 인해 늘 분주하게 살고 있습니다. 어머니 살아생전에는 바쁜 일상이 핑계가 되어 자주 찾아뵙지 못하는 딸이었습니다. 그래서 항상 혼자 차를 탈 때면 어머니께 전화를 드렸습니다.

재미난 연속극 이야기와 오늘 반찬거리는 무엇이며 식사는 하셨는지 여쭤봅니다. 고추장아찌는 어떻게 담그는지, 청국장에는 뭘 넣고 끓여야 맛있는지, 시래기는 어떻게 삶아서 우려야 하는지 지난해 물어본 걸 또 물어보곤 했습니다. 적막한 일상에 전화를 받는 기쁨을 헤아렸던 게지요.

막내딸이 무엇인가를 물어보는 자체가 신이 나신 어머니는 아직도 그걸 모르냐며 다시 또 하나하나 가르쳐주셨습니다. 그 시간이, 그러한 얘기를 들려주는 것이 어머니에겐 최고로 행복한 시간이었을 겁니다.

오늘도 차 안에서, 이제는 세상에 안 계신 어머니와 혼자서 중얼거리며 이야기를 합니다. 뱉어내는 말만큼 온몸이 저리며 아파옵니다. 그 아픈 마음이 녹아 눈물이 납니다. 어쩌면 이리 깊이 아플까요. 생명의 시작과 끝을 직접 몸으로 알려주신 어머니이십니다. 우주같이 크고 깊으신 어머니의 사랑은 그림으로도 다 표현하기 어려울 것 같습니다.

봄동 곁들인 파절이를 유난히도 상큼하고 혀끝이 싸하도록 맛있게 무치던 어머니! 어머니가 직접 담근 된장으로 무 숭숭 썰어 넣고 멸치국물 내어 담백하게 끓인 냉이 향 그윽한 '엄마표 된장찌개'와 봄동 파절이를 함께 먹고 싶습니다.

바다가 멀고 산으로 둘러싸인 내 고향 영주는 먹거리가 그리 풍성하지 않아 안동 간고등어와 삶은 문어가 큰 먹거리에 속했습니다. 명절이나 가족이 모일 때는 삶은 문어와 간고등어 구이를 해주시던 어머니! 엄마의 밥상이 그립습니다.

산들이 찬 기운 가시며 웅웅거리듯 해산하고 봄이 종종 걸음으로 여기저기 연둣빛 새순을 흩뿌릴 때, 작년 봄 꼭 이맘때 어머니는 우리 팔 남매 곁을 떠나셨습니다. 아들은 아버지의 죽음을 겪으며, 딸은 어머니의 죽음을 겪으며 더 몰입된 슬픔을 느낀다고 합니다. 그래서 그런지 심한 우울증이 삶을 조각내며 파고들었지만 다시 마음 추스르고 웃음을 찾아가려 합니다. 웃고 있는 행복한 모습을 제일 좋아하시던 어머니를 기억하기 때문입니다.

나는 또 누군가의 세상을 열어준 어머니이고 나의 아들은 또 다시 누군가의 부모가 되겠지요. 늘 지금 이 순간의 가치와 행복, 스쳐 지나가는 오늘과 현재 해야 할 것들을 가장 중요시하며, 내게 세상을 열어준 뿌리인 어머니를 잊지 않겠습니다. 그 크신 사랑은 꼭 간직하며 품고 살겠습니다.

젊은 시절 부모님은 공장을 운영하셨는데, 함께 일하던 직원들의 어려운 생활고와 고단한 인생의 고비를 무난히

"그리운 우리 엄마 '정한예' 여사."

Beautiful Life Acrylic on canvas
51×40.5cm (10호 변형) 2016.

넘길 수 있도록 많은 도움을 주셨습니다. 그 일화는 제가 기억하는 가장 흥미진진한 소설 같은 이야기였습니다.

사람이 살면서 지키고 살았으면 하는 것들이 있습니다. 그런 교훈을 직설적으로 가르치려 하진 않으셨지만, 끼니를 굶던 이웃에게 쌀과 먹을거리를 남몰래 전하며 기뻐하시던 모습이 내가 기억하는 가장 어릴 때 보았던 어머니의 선행이었습니다.

그렇게 저는 어머니로부터 세상을 어떻게 살아가야 하는지, 또 어떻게 주변을 돌보고 배려해야 하는지 배우며 자랄 수 있었습니다. 진정한 삶의 지향점은 어떤 것인지에 관한 지혜로운 성찰을 하게 해주신 것 같습니다.

예전엔 부족한 전력으로 가끔 정전이 되곤 하였습니다. 깔끔하시던 성격으로 집안 곳곳은 항상 정리가 되어있었는데, 전기가 꺼져 캄캄할 때도 양말은 어디에 있는지 수건은 어느 서랍에 어떻게 놓여있는지 양초는 어디에 준비되어있는지 한 번에 찾을 수 있었습니다. 작은 지혜들로 꼭꼭 채워진 엄마의 생활방식은 지금도 저의 인생좌표가 되고 있습니다.

양평과 삼청동, 베를린에서 동분서주하며 작업을 하는 저는 어머니의 습관을 잘 보고 배운 덕분에 어디서든 잘 정리된 환경 속에서 생활하고 있습니다. 늘 어머니의 부지런한 모습을 보고 자란 덕분인지, 작품활동에도 많은 영향을 받았습니다.

제 삶 속에 깊이 녹아든 어머니의 모습들에 문득 숙연해집니다. 이제는 곁에 안 계신 어머니가 몹시 그립습니다. 조금만 덜 외롭게 해드렸으면 좋았겠다 싶습니다. 조금만 더 자주 안부전화를 드렸으면 좋았겠다 싶습니다. 조금만 더 자주 찾아뵈었으면 좋았겠다 싶습니다. 누군가 효도하는 사람이 제일 부럽다고 얘기하던 게 생각납니다.

우리들의 어머니는 절대 큰 것을 바라지 않습니다. 그냥 밥 잘 먹고 건강히 지내는 모습 보여드리고, 오늘 하루도 잘 지내고 있다는 다정한 일상을 이야기해 드리면 최고의 보약을 드리는 것입니다.

오늘은 아파트 후문에 있는 재래시장에 가서 봄동과 가는 쪽파를 사야겠습니다. 어머니가 직접 담가주신 된장으로 무 숭숭 썰어 넣고 냉이 향 그윽한 '엄마표 된장찌개'와

상큼한 봄동 파절이를 먹으며, 오늘도 행복하게 잘 지내고 있는 모습을 어머니께 보여드려야겠습니다. 흐뭇이 웃고 계시는 모습이 눈에 선합니다.

캄캄한데

불도 안 켜고

뭐하세요

손종수

손종수

"엄마는 내가 세계를 바라보는 세계관"이라고 말하는 저자는 시인이자 바둑계 최고의 논객으로 알려져 있다. 《시와경계》로 문단에 등단했으며 아마바둑 5단으로 일간 스포츠 및 중앙일보에 바둑 관전기를 연재하고 있다. 《월간 바둑》 편집장을 거쳐 현재 사이버오로 상무로 재직 중이다.

글을 쓸 때나 다른 사람들과 이야기를 나눌 땐 '어머니'란 호칭을 종종 사용하지만, 생전의 엄마 앞이나 식구들끼리 이야기할 때는 단 한 번도 엄마를 어머니라 부른 기억이 없다. 나에게 어머니는 영원히 '엄마'다. 그래야 나는 언제든 어린 시절로 돌아갈 수 있고, 엄마도 가장 아름다웠던 그때의 얼굴로 함께 머물 수 있기 때문이다.

초등학교 들어가기 전 어느 늦은 저녁이었다. 흐린 30촉 백열등 아래서 나는 방바닥에 엎드려 동화책을 보고 있었고 엄마는 바느질을 하고 계셨다. 엄마는 엎드린 나를 이따금씩 쳐다보면서 말씀하셨다.

손종수 시인이 그린 엄마의 모습.

"그게 그렇게 재밌니? 이제, 그만 자야지."

"조금만 보면 다 봐요. 마저 보고 잘게요."

나는 다른 때는 비교적 말을 잘 듣는 아이였지만 책을 붙들고 있을 때는 막무가내 고집불통이었다. 실은 알고 있었다. 동화책에서 눈도 떼지 않고 대꾸하는 아이를 보며 엄마는 빙그레 웃으시곤 이내 바느질거리로 눈길을 돌리셨을 거라는 사실을.

학교에 다닐 때도 성인이 되어 직장으로 출퇴근할 때도 아침마다 내가 잠투정을 하며 일어나지 못하면, 엄마는 나를 몇 번인가 더 흔들어 깨우다가 그냥 내버려 두셨다. 간혹 지각을 했고 그때마다 깨워주지 않았다고 역정을 내도 엄마는 웃기만 하셨다.

얼마 지나지 않아 나는 스스로 일어나 등교시간을 맞출 수 있게 되었고, 성인이 된 이후로는 아무리 피곤해도 엄마가 부르는 목소리가 들려오면 금세 눈을 뜨고 일어났다. 처음엔, 아침에 일어나기 힘들어하는 아들을 내버려 두는 게 자립심을 키워주기 위한 어른의 지혜라고 생각했는데 그게 아니었다. 엄마는 내가 힘들어하는 모습이 마냥 안쓰러웠던 것이다.

생각해보면, 엄마와 나의 행복한 기억은 길지 않았다. 내가 초등학교(당시는 국민학교)에 들어가고 얼마 지나지 않아 엄마의 얼굴에서 점점 웃음이 사라졌다. 때를 맞춰 아버지의 모습이 보이지 않는다는 사실도 알게 되었다. 특이한 것은, 그 무렵 나는 아버지의 부재에 대해 단 한 번도 엄마나 식구 중 누구에게도 물어본 적이 없었다는 것이다. 내가 왜 그랬는지는 지금도 알 수 없다.

아버지는 어느 날 문득, 아내와 칠 남매를 버려두고 홀연히 출가했다. 그와 동시에 내 머릿속에서도 마치 처음부터 존재하지 않았던 사람처럼 아버지에 관한 모든 기억들이 깨끗하게 사라졌다. 아버지에 대한 기억들은 앨범에서 우연히 떨어진 몇 장의 사진 같았다. 그날 이후 오직 살림밖에 몰랐던 엄마가 겪어야 했던 가난은 말이나 글로는 설명할 수 없는 것들이었다. 오랜 시간이 흐른 뒤 숙모님께서 이런 말씀을 하셨다.

"네 엄마한테 잘해야 한다. 특히, 너는 더. 너 어렸을 때, 남편도 없는 시집살이가 하도 힘들어 집을 나간 적이 있는데 하루도 못 견디고 돌아오셨지. 네가 눈에 밟혀 견딜 수가 없었다더구나. 얼굴이 고우셔서 넌지시 재가를 권하는 사람도 많았는데 모두 거절하셨어. 모두 너 때문이었지."

엄마는 방직공장을 다니거나 시장바닥에 앉아 옥수수를 팔고 파출부생활을 하며 홀로 육 남매(큰형님은 결혼하여 분가한 뒤 왕래가 끊겼다)를 부양했다. 겨울이 다가오면 김장할 돈이 없어 시장에서 배추겉대를 주워와 김장을 했다. 엄마는 그런 사람이었다. 아무리 어려워도 누군가에게 의지하려 하거나 동정을 바라지 않고 떳떳하게 육 남매를 키우셨다.

리어카를 빌려 시장에 갈 때마다 가장 어린 나와 두 살 위의 작은 누나를 데리고 가셨는데, 그때 나는 그게 너무 싫었다. 혹시 아는 사람이 보지 않을까 두려워 늘 두리번거렸다. 리어카를 밀면서 집으로 돌아올 때도 동네친구들이나 학교친구들이 볼까 봐 고개를 푹 수그리고 땅바닥만 바라보았다. 그때 땅바닥에 깔린 시퍼런 배추겉대가 만 원짜리 지폐라면 얼마나 좋을까, 생각했다.

내가 중학교 2학년이 되자마자 가계는 더욱 나빠졌다. 육남매 중 누구도 엄마에게 의지가 되어주지 못했다. 도움이 되기는커녕 사업에 실패하거나 빚을 지고 행방이 묘연해져 모두 뒤에 남겨진 엄마의 짐이 되었다. 그런 일들을 곁에서 지켜볼 수밖에 없었던 나도 학교를 그만두어야 했다. 새벽에 도시락을 싸들고 방직공장에 출근했다가 밤늦게 돌아와 찬물에 만 밥 한술 겨우 뜨는 엄마 앞에 차마 공납금 독촉장을 꺼낼 수 없어 그냥 학교에서 퇴학당했다.

퇴학을 당하고도 몇 개월인가 책가방을 들고 학교엘 가는 척 집을 나서곤 했는데, 퇴학당하기 전에 응모했던 표어가 우수작으로 뽑히는 바람에 모든 일이 드러났다. 엄마는, 학교친구들이 상장을 가지고 집으로 찾아와서야 비로소 내가 퇴학당한 사실을 알게 됐다.

친구들이 돌아간 뒤 엄마는 하염없이 눈물만 흘리셨다. 엄마도 나도 알고 있었다. 내가 그때 독촉장을 꺼내 알렸더라도 공납금은 해결되지 못했을 거라는 사실을. 그 이후로 한 번도 말씀은 안하셨지만, 엄마는 그 일로 돌아가시는 날까지 가슴앓이를 하셨던 것 같다.

평생을, 고생만 하다가 떠나셨지만 엄마는 내 앞에서 세상에 대한 원망이나 노여움을 드러낸 적이 없고 그 누구도 헐뜯거나 비난한 적이 없었다.

언제였던가. 초저녁 무렵 학교에서 집으로 돌아오니 어두운 빈방에서 엄마는 홀로 무엇인가를 하고 계셨다. 그때 엄마는 옥수수 장사를 두 달 만에 망치고 다시 방직공장을 다녀야 할까, 더 좋은 일거리는 없을까, 그런 궁리를 하고 계셨다.

"캄캄한데 불도 안 켜고 뭐하세요?"

내가 방 안으로 들어서며 불을 켜자 엄마는 소녀처럼 얼굴을 붉히더니 이내 겸연쩍은 표정으로 웃으며 말씀하셨다.

"으응. 놀면 뭐하니, 심심해서 그냥…."

엄마는 지나간 천자문 달력을 방바닥에 놓고 내가 다 사용한 공책 위에 색연필로 천자문을 그리고 계셨다. 엄마는 그런 사람이었다. 훈장선생님이었다는 외할아버지 어깨너

머로 한글만 겨우 깨우치셨다는데, 누구도 엄마를 무지하다고 함부로 대하지 못했다.

엄마는 평생 밝은 길만 걸어가셨다. 어쩌다 어둡고 험한 길이 나오면 엄마는 스스로 등불이 되어 어둠을 밝히며 걸어가셨다. 내가 하는 일들이 풀리지 않아 괴로워하거나 학력미달로 취업 문턱에서 밀려나 좌절할 때마다 엄마는 이렇게 말씀하셨다.

"내가 시집 와서 딱 한 번 시어머니께 칭찬을 들은 적이 있어. 그건, 너를 낳았을 때야. 갓 낳은 너를 보았을 때도 기뻐하셨지만 그 뒤로도 너를 볼 때마다 좋아하시더구나. 그때 너를 보고 뭐라고 하셨는지 아니? 아유, 세상에! 깎아놓은 밤 같구나. 보름달처럼 환한 놈이야. 그렇게 말씀하셨지. 너는 그런 아이다. 생전 좋은 말 한마디 안 해주시던 모진 분조차 칭찬을 하게 만든 아이였지. 그런 너를 누가 외면하겠니? 언젠가는 많은 사람들이 널 좋아하게 될 거다. 그렇게 생각하고 조금 더 기다려보렴."

내가 엄마에게 물려받은 가장 큰 자산은 언제 어디에서

"낡은 사진 속 '이경희' 엄마, '손수명' 아빠."

나 '떳떳한 마음'이다. 교육이라는 의도로 일부러 그런 것들을 가르친 적은 없지만, 엄마는 평생의 삶으로 나에게 직접 보여주셨다. 훗날, 내가 작은 성공이나마 거둘 수 있었던 이유도 엄마의 그런 마음을 자연스럽게 닮을 수 있었기 때문이라고 생각한다.

나는 안다. 지금 나의 행복한 삶은 그때, 막내아들의 상장과 퇴학소식을 함께 받아들고 하염없이 흘리던 엄마의 간절한 눈물로 이루어진 것이다.

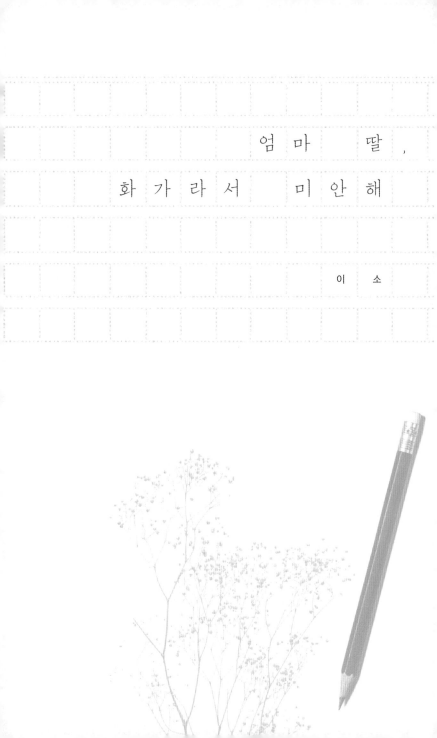

엄 마 　 딸 ,

화 가 라 서 　 미 안 해

이 　 소

이소

프랑스 파리8대학교 조형예술학과에서 학사와 석사 학위를 받았다. 프랑스와 한국에서 다수의 초대개인전을 진행하였고, 국제아트페어와 국내외 단체전에 활발하게 참여하며 작품 활동을 펼쳤다. 그녀는 언제나 진심을 다해 그림을 그리는 화가로 활동 중이며, 대중과 소통하는 예술가로 살아가고 있다.

. . .

드로잉수업을 하러 가는 차 안. 전화벨이 울린다. 엄마다.
무슨 일일까. 행여 자식이 일하는데 방해될까 봐 평소 문자
메시지로 연락을 대신 하던 엄마가 아니던가. "엄마가 머리
가 아파…." 최근 들어 부쩍 머리가 아프다고 했지만 밖에
있는 나에게까지 전화를 할 정도라니 왠지 심상치 않음이
느껴진다. "응. 택시 타고 병원으로 가. 나도 갈게." 급한 일
들을 전화로 정리하며 병원으로 향한다.

만에 하나 최악의 경우가 스치며 심장이 떨리기 시작한
다. 작품 마감 날짜가 코앞이라 작업 외 다른 일에 신경 쓸
여유가 없는데 혹여 하늘이 무너지는 일은 없겠지. 없을 거
라 스스로를 안심시키며 발걸음을 재촉한다. 이런 긴박한

이소 화가가 그린 엄마의 뒷모습.

상황에도 이기적인 생각을 하다니, 참 못됐다. 자식 키워봐야 소용없다는 말은 딱 나를 두고 하는 말인 것 같다.

뇌혈관 정밀검사를 받으러 검사실로 들어간 엄마를 기다리고 있노라니 며칠 전 엄마 속을 긁어놓은 일이 떠오른다. 내 나이 마흔이 넘었지만 지금도 아침에 눈을 뜨면 직접 간 야채주스와 작업실에 가져갈 도시락가방이 머리맡에 놓여있다. 엄마는 사 먹는 밥은 살로 안 간다며 기어코 손수 지은 밥과 과일을 챙겨준다.

물감 묻은 손으로는 먹기 번거로울까 봐 과일은 꼭 씻고 깎아서. 어느 땐 내가 그림을 그리러 작업실에 가는지 먹으러 가는지 모를 정도다. 건강에 좋으니 이걸 먹어라, 피부에 좋으니 저걸 발라라, 이 스카프가 더 어울린다, 잔소리가 끊이질 않는다.

며칠 전 나는 결국 터지고 말았다. "내가 알아서 할게! 내가 어린애도 아니고!" 몇 초간의 적막이 흐른 후 엄마가 작게 한마디 한다. "엄마가 챙겨줄 수 있는 날이 얼마 남지 않은 거 같아서 그래…." 순간 나는 더 이상 말을 이을 수 없었다. 엄마가 그런 날을 생각하고 있다니. 미래의 어느 날, 오지 않으면 좋을 그날을….

평소에는 한없이 여린 모습이지만, 나는 엄마의 용기에 크게 놀란 적이 있다. 더 넓은 세상이 궁금해 프랑스로 날아갔을 때 어느 날 하숙집으로 전화가 걸려왔다. 뜻밖에도 엄마의 전화였다. 지금처럼 휴대폰과 인터넷이 대중화되지 않았던 그때, 목소리를 직접 들을 수 있는 건 오직 집전화뿐이었다. 자동차의 영어 이름마저 낯설어할 정도로 알파벳과 친하지 않은 엄마가 외국으로 전화를 한 것이다, 그것도 불어로.

프랑스로 떠나기 전 몇 가지 생활불어를 소리 나는 대로 적어놓고 갔는데 엄마가 그것을 보고 전화를 한 것이다. 엄마의 불어가 정확하지 않아도 하숙집 아주머니는 엄마로부터 온 전화인 것을 용케 알아챘다. 엄마들끼리 통하는 엄마의 느낌이었나보다. 타국에 혼자 나간 딸이 걱정되고, 궁금해 목소리라도 듣고 싶어 엄마는 큰 용기를 낸 것이다. 자식을 위해서라면 두려움도 없어진다. 그게 모성이라는 걸까.

내가 프랑스에서 공부하는 내내 엄마는 한 달에 한 번씩 소포를 보내왔다. 소포꾸러미를 풀어보는 일은 내 유학생활에서 가장 큰 기쁨이었다. 집에 대한 향수가 음식에 대한 그리움으로 표출된 건지, 이전에는 쳐다보지도 않던 토속적인 음식들이 다 생각났다. 그러면 엄마는 갖가지 밑반찬들을 비닐에 싸고 (행여 국물이 흐를까 봐) 또 싸서 보냈다.

때론 국산 면이 좋다며 속옷에 여성용품까지 넣어 보냈다. 그중에는 엄마가 한 자 한 자 직접 적어준 국과 찌개 끓이는 법도 있었다. 나는 그렇게 한국요리를 엄마의 편지로 배웠다. 엄마의 소포는 단순히 먹고 마시는 음식이 아닌 엄마의 사랑이었다. 육 년간의 외로운 유학생활을 버틸 수 있었던 것은 엄마의 마음이 담긴 소포 때문이었을 것이다.

다음 주에 정확한 검사결과가 나온단다. 엄마는 여전히 머리가 아프고 가끔은 서있는 것조차 힘들다 하신다. 무엇보다 약을 꼬박꼬박 잘 챙겨 먹어야 하니 당분간 내가 엄마의 식사를 챙기기로 했다. 급한 대로 냉장고에 있는 것들을 꺼내어 국을 끓이고 김치와 함께 단출한 밥상을 차렸다. 얼마 만에 음식이란 걸 하는 건지 이마저도 뒤죽박죽이다.

다행히도 맛을 본 엄마의 입가에 미소가 번진다. 맛이 없어도 딸이 차려준 밥상이라서, 딸과 함께 하니 좋은가 보다. 자식에게는 수없이 밥상을 차려주고도 이 소박한 밥상 하나에 좋아하다니. 세상에 엄마만큼 밑지는 장사가 또 있을까. 막상 모든 약속을 취소하고, 직접 밥을 지어보니 쉬운 일이 아니다. 평생을 이렇게 살아온 엄마… 새삼 미안한 생각이 든다.

다음 날 전시와 관련된 약속을 취소할 수 없어 외출을 하는데 마음이 무거워졌다. 내가 없는 사이 혹시 엄마가 아플까 봐, 혼자 먹는 엄마의 밥상이 쓸쓸할까 봐. 아픈 와중에도 일 보러 나가는 딸부터 챙기는 엄마에게 조금 짜증을 낸 게 마음에 걸렸다. 또 아픈 엄마에게 해줄 수 있는 게 없는 내 자신에게 화가 났다.

엄마… 엄마… 엄마! 나는 언제까지 이 이름을 부를 수 있을까. 꼭 잘될 거라고, 오래토록 건강하게 지켜봐달라고 말하지만, 엄마는 나를 기다려줄 수 있을까. 그림 그리는 일은 마라톤과 같다. 간혹 젊은 나이에 인정받기도 하지만 뒤늦게 빛을 보기도 하고 때로는 사후에야 높이 평가 받을 수도 있다. 그게 화가라는 직업이다.

그런데 머지않아 나에게 좋은 날이 온다 해도 엄마가 없는 세상에서 내가 기뻐할 수 있을까. 어느 누가 엄마만큼

"늘 고맙고 미안한 우리 엄마 '정이순' 여사님!"

나를 위해 진정으로 기뻐할 수 있을까. 부와 명예는 고사하고 번듯한 사위도 귀여운 손자도 안겨주지 못한 이 무능한 딸은 이제 이기적인 엄마의 모습이 보고 싶다. 건강하지 않아도 엄마가 곁에 있어주어 얼마나 감사한지 모른다. 엄마가 없는 집이 무슨 의미가 있을까. 하루 일과를 마치고 피곤에 지쳐 귀가했을 때, 긴 여행 후 노곤한 몸으로 돌아왔을 때, 그곳에 엄마가 있다는 것에 행복하다.

사실 나는 이대로도 좋다. 홀로 있어 외로운 시간은 창작의 씨앗이 될 것이고, 무명의 시간은 나를 담금질하는 시간이었다고 말할 수 있을 것이다. 하지만 엄마는 무슨 죄인가. 나 같은 딸을 둔 덕에 더 바랄 수 없을 만큼 뒷바라지를 하고도 좋은 날을 못 보니… 혹시 다음 생이 있다면 그땐 엄마가 내 딸로 태어나주면 안될까. 내가 엄마의 엄마로 태어나서 엄마만큼, 아니 그 이상으로 사랑해줄게.

엄마… 부족해서 미안해, 화가라서 미안해.

남 해 에
삽 니 다

조 재 철

조재철

서울대 불문과 및 행정대학원을 수료했다. 현재 주오사카총영사관 부총영사로 근무 중이다. 대학을 다니면서 써둔 단편소설들을 직장생활을 하며 틈틈이 정리해 발표 했다. 장편소설《다리》는 남해대교와 고향, 국악을 소재로 한 작품으로 많은 사랑을 받은 바 있다.

내 어머니는 고향인 남해에 잠들어 계신다. 내 기억 속 남해가 따뜻한 것은 그곳에서 맺은 관계들 덕분이다. 그중에서도 어머니의 따뜻한 보살핌에 대한 기억은 무엇으로도 바꿀 수 없을 만큼 소중하다.

어머니는 늘 부지런한 분이셨다. 농사일이든 집안일이든 사람을 만나는 일이든 무언가를 늘 부지런히 하셨다. 쉬고 계시는 것을 본 기억이 거의 없다. 어릴 때 나는 꼭 어머니의 팔베개를 하고 자야 잠이 들었는데, 따뜻하고 포근한 어머니의 품이 아직도 어렴풋이 생각난다. 지금 생각해보면 쉽게 잠을 이루지 못하는 막내아들에게 늘 팔을 내어주시는 게 얼마나 고생스러우셨을까 싶다.

어머니란 이름만 떠올려도 나는 깊은 그리움과 죄의식에 젖어든다. 부모님을 모시고 살거나 자주 찾아뵙는 친구들을 볼 때마다 부모에게 자식된 도리를 하고 사는 것 같아 존경하는 마음까지 인다. 살면서 가장 후회되고 괴로운 기억은 자신을 위해주고 사랑해준 사람에게 잘해주지 못했다는 미안한 마음일 것이다. 대부분의 사람들에게 그 대상은 바로 어머니다. 나 역시 마찬가지다.

학창 시절, 나는 고등학교 진학을 위해 진주로 떠나게 되었다. 말하자면 어머니와 맞는 첫 이별인 셈이었다. 입학을 위해 고향을 떠나던 날의 슬픔은 훗날에도 오랫 동안 지워지지 않았다. 잠을 자도 고향에서 자는 것과 달라 깊은 잠을 자지 못했고, 늘 피곤했다. 낯선 여행지에서는 쉽게 잠이 오지 않는 것처럼 늘 여행을 하는 기분이었다. 어딘가 잠시 나그네로 머물면서 임시숙소에 머물고 있는 느낌이었다고 할까.

토요일 오전 수업이 끝나자마자 하숙집에 가방을 두고 시외버스터미널로 달려가던 때의 설렘을 지금도 잊을 수 없다. 입석이어도 상관없었다. 진주를 떠나 은은한 차의 고향, 하동에만 들어서면 고향에 더 가까워졌다는 기대에 부풀었다. 남해대교부터 안도감에 젖어들었다. 버스가 고향마을에 도착하면 반갑게 맞아주시던 어머니 모습이 지금도 선하다.

나는 진주에서 유학을 하면서도 거의 매주 고향으로 가서 주말을 보냈는데, 고향 집에서 잠을 자면 그렇게 편할 수가 없었다. 창밖에는 하얀 물결이 부서지는 아름다운 밤바다가 보였고, 안방에는 부모님이 주무셨다. 그 완벽한 평화 속에서 내 방에 몸을 누이면 바다가 나를 포근하게 안아주는 느낌이었다. 어머니의 팔베개를 하고 자는 나이는 지났지만 대신 고향집이 팔베개를 해주는 것 같았다.

주말을 집에서 보내고 진주로 떠나는 날엔 어김없이 어머니께서 버스정류장까지 배웅을 나오셨다. 내가 탄 차가 출발할 때까지 지켜보며 손을 흔들던 어머니를 생각하면서 객지살이를 버텼다.

진주에서의 유학생활을 떠올리면 책꽂이에 대한 추억이 어김없이 떠오른다. 당시 나는 진주에서 공부를 시작한 지 꽤 되었지만 제대로 된 책꽂이 하나를 장만하지 못하고 있

"아련하고 따뜻한
내 어머니 '임옥심' 여사."

었다. 시장에 가서 책꽂이를 사야 하는데 주말만 되면 남
해로 가버리니 시간이 나지 않았다. 어머니에게 그 얘기를
꺼낸 것이 화근이었다. 어머니가 어머니 몸집의 두 배는 되
어 보이는 책꽂이를 들고 진주에 오셨다. 고향집에서 쓰던
내 책꽂이였다. 버스에 어떻게 싣고 지탱을 하면서 오셨는
지 상상하기도 싫어 짜증을 냈다. 어떻게 이렇게 멀리까지
가져올 생각을 하셨을까. 얼마나 고생스러웠을지 생각하니
안타까움이 밀려왔다.

　미안한 마음에 어머니에게 짜증을 냈지만, 한편으론 그
마음이 이해되기도 했다. 어릴 적부터 나는 여러 종류의 책

들을 닥치는 대로 보는 책벌레였다. 수많은 책은 물론 그것들을 꽂아두는 책꽂이는 내게 각별했다. 어머니는 오랜 손때가 묻은 그 책꽂이의 소중함을 알기에 몸소 그것을 들고 버스에 오르셨던 것이다. 마음속 깊은 곳에서 미안함과 짠함이 일었다.

그 때문일까. 진주에서 생활하는 내내 이 사연 많은 책꽂이가 나에게 안정감을 주는 듯했다. 힘들 때마다 어머니의 푸근한 마음을 느끼게 해주었다. 살아오면서 그 책꽂이보다 더 크고 견고한 재질로 만들어진 책꽂이를 많이 봤지만, 그날 어머니가 힘들게 가져오신 그 책꽂이만큼 소중하고 의미 있는 것은 보지 못했다.

지난날을 회상하며 '부모는 기다려주지 않는다'는 말을 곱씹어본다. 나는 사회생활을 시작하기도 전에 어머니가 돌아가셨다. 임종도 못하고 고이 잠든 어머니를 보던 때의 슬픔…. 세상에서 가장 고맙고 미안한, 어머니가 계시지 않는다는 사실이 얼마나 절망적이었던가. 고등학교 때부터 객지생활에 적응하기 위해 애쓰면서 건강이 좋지 않아 고생하는 모습만 보여드린 것이 후회되고 죄스러울 뿐이었다.

어머니는 늘 따뜻한 시선으로 나를 걱정하고 지켜보셨다. 남해에 갈 때마다 반갑게 맞아주던 어머니. 그 기억을 안고 남해에 가면 어머니가 없는 고향 밤바다의 침묵이 견디기 어려울 때가 있다. 나는 그곳에서 이전의 따뜻한 기억을 찾아 헤맨다. 바다가 보이는 곳에 산소가 있다는 것이 작은 위로가 될 뿐이다.

바다가 없는 헝가리에서 근무할 때, 갑갑한 마음에 연휴에 차를 몰고 크로아티아 바다로 향한 적이 있다. 두 눈에 가득한 푸른 바다. 바닷물이 문 앞 가까이 넘실대는 곳에 숙소를 잡았다. 파도소리가 시끄러워 잠을 잘 수 없다고 투정을 부리는 아들 녀석에게 말했다.

"너는 모를 거야. 이 파도소리가 아빠에게는 얼마나 평화로운 소리인지… 꼭 남해에 온 기분이야. 남해는 아빠의 부모님이 계신 곳이란다."

먼 곳에서도 바다를 보면 남해 바다가 생각나고, 바다를 보면 어머니가 생각난다. 그 시절, 위로가 되고 힘이 되었던 어머니 생각에 마음이 따뜻하다.

세상 단 하나의
우산

문 준 호

문준호

성균관대 경제학과와 KAIST MBA를 졸업했다. EBS FM 〈대한민국 성공시대〉 특강 및 다수의 강의를 진행했으며, 김미경의 〈파랑새〉에서 초청멘토로 활약했다. 현재 아이파트너즈 대표이사로 재직 중이다. 저서로는 《마법의 5년》《쓰고 상상하고 실행하라》가 있으며, 《독서천재가 된 홍대리》의 실명 CEO로 등장한 바 있다.

유년시절 엄마에 대한 기억은 대개 봄날의 아지랑이처럼 멀고 아련하기 마련이다. 빛바랜 사진 속 풍경처럼 세상 모든 것이 낯설고 커보이던 그 시절, 엄마에 대한 아득한 내 기억이 살아있는 곳은 서울 신당동 어느 귀퉁이에 자리 잡은 골목집이다.

경주에서 태어나 대구에서 살았던 엄마는 창원 토박이였던 아버지와 중매로 만나 이십 대 초반에 결혼하셨다. 서울로 올라와 신당동 변두리에 있는 부엌 한 칸 달린 단칸방에 살림을 차리셨는데, 당시 시계회사를 다니던 아버지 뒷바라지를 하며 어린 아들 둘을 함께 키우셨다. 난 종일 방안에 누워 울던 젖먹이 남동생을 남겨두고 동네 골목길에서 또래 아이들과 자주 어울려 놀았다. 좁다란 골목길을 마주하고 고구마 줄기처럼 엉켜 옹기종기 밥 짓는 연기 피우며 살았던 그 동네. 하루 종일 집 앞 골목길에서 뛰놀다 보면 이내 땅거미가 내려앉았다. 밖은 점점 어두워지고 친구들도 하나둘 사라질 무렵 어디선가 홀연히 나를 부르는 엄마의 목소리가 들린다.

그때는 미처 알지 못했다. 지극히 평범하게 사랑받고 순탄하게 자라날 수 있다는 것이 얼마나 축복받은 행운인지를. 세상 추위가 몰아칠 때 매달릴 수 있는 따뜻한 온기의 존재가 있다는 게 얼마나 소중한 것인지를.

내게 늘 세상 단 하나의 우산이 되어주었던 엄마의 사랑, 그 절실함을 느꼈던 때는 초등학교 5학년 경이었다.

나는 엄마의 손에 이끌려 또래 친구들보다 한 해 일찍 학교에 입학했다. 나는 학교에 일찍 입학한 탓에 같은 반 친구들보다 항상 덩치도 작았고 모든 면에서 어리숙해 늘 엄마의 염려 대상이었다. 내 5학년 담임선생님은 체육을 좋아하던 남자선생님으로, 튼튼하고 씩씩한 학급을 만들고자 하는 마음이 크셨다. 그 와중에 체격도 작고 혼자 책 읽기를 좋아하던 조용한 성격의 내가 하필 학기 초 반장이 되었다. 덕분에 나는 선생님 기대에 부응하기 위해 꿋꿋하게 노력해야 했고, 그만큼 마음고생도 컸다. 강단 있게 학급을 통솔하기엔 난 목소리도 작았고, 특히 체육시간엔 반장에게 더욱 엄격했던 담임선생님과의 거리를 좁히지 못했다.

그래서인지 시간이 갈수록 학교생활이 조금씩 더 힘겨워지기 시작했다. 종종 학교에 일 년 일찍 보낸 것에 대한 후회와 미안한 마음을 토로하는 엄마에게 염려를 끼치고 싶지 않아서 나름 열심히 했지만, 특히 체육수업은 쫓아가기 힘들었다. 노력을 해도 내 운동신경과 체력으론 담임선생님의 기대에 부응할 수가 없었다.

발버둥 치면 칠수록 체육은 마음으로부터 점점 멀어져갔다. 팀을 나눠 경기를 할 때도 반장인 내가 피구공을 놓치고 실수하는 것이 주위 분위기를 어색하게 만드는 것 같았다. 지나친 부담감, 그래서 실수 할 때마다 친구들의 탄식이나 선생님의 엄한 눈길이 느껴져 더 긴장 됐고 숨이 차올라도 힘든 기색 조차할 수 없었다. 약한 아이라는 오명만큼은 어떻게든 벗어나야 했기 때문이었다.

힘든 하루를 보내고 빨리 집에 가고 싶었던 어느 날, 마지막 수업을 마칠 무렵부터 굵은 비가 주룩주룩 내리고 있었다. "매일 비오면 체육수업 안할 텐데." 어둡고 컴컴한 창밖으로 비가 내리는 모습이 마치 그 시절 내 마음 같았다. 이런저런 걱정과 우울한 마음으로 친구들과 교실을 나섰는데 학교 현관 처마 밑에 엄마가 우산을 들고 서있는 게 보였다. 비 오는 어둑한 오후였다.

현관 앞엔 다른 엄마들도 많았지만 그날따라 우산을 든 엄마의 모습이 아주 또렷하게 보였다. 마치 세상 단 하나의 우산을 마주한 것만 같았던 내 마음. 어린 마음에 누구에게도 말하기 힘든 서러운 그 무엇이 그날 비를 타고 내려왔나 보다. 엄마와 함께 우산을 쓰고 돌아오던 그날의 추억이 그 시절 가장 행복했던 순간으로 남아있다.

아직도 엄마와 함께 우산을 쓰고 집으로 돌아오던 그날이 생생하게 떠오르는 이유는 그로부터 얼마 후 결국 일이 터졌기 때문인 것 같다. 평소처럼 체육복을 입고 친구들과 운동장을 향해 달리고 있었는데 갑자기 하늘이 노랗게 보였다. 머리가 핑 돌더니 정신이 가물가물해져 그만 땅바닥에 주저앉아 버렸다. 연락을 받고 달려온 엄마에게 업혀 병원에 갔는데, 의사선생님은 내가 급성 신장염이라고 말씀하셨다. 의사선생님의 진단을 조용히 듣고 있던 엄마가 조금씩 눈물을 보이더니 끝내 슬프게 울기 시작했다. 물끄러미 엄마의 눈물을 쳐다보던 내 눈에도 금방 눈물이 맺혀왔다. "엄마, 울지 마!" 그동안 학교에서의 내 마음 고생을 아셨기 때문이었을까. 그토록 서럽게 우는 엄마는 본 적이 없었다.

캄캄한 병원 유리창에 비친 하얀 침대보에 누워있던 나, 그런 나를 내려다보며 애절하게 눈물을 쏟던 엄마의 모습. 그날 밤 나는 내가 죽을 병인가 보다 싶어 겁도 났지만, 그것보다는 엄마가 슬프게 우는 모습에 덩달아 서러워졌고, 어린 마음에 사는 게 힘들다고 느꼈던 것 같다. 급작스런 모자의 대성통곡에 매우 당황하신 분은 아마도 의사선생님이었을 것이다. 걱정하지 말라고 음식 잘 가려 먹고 치료받으면 곧 나을 수 있다는 매우 희망적인 말로 어머니를 애써 달래셨다.

그날 이후 난 꼼짝도 못하고 집에 누워있어야 했다. 절대 몸에 피곤함이나 무리를 주면 안 되는 병이기에 학교도 못 가고 하루 종일 방 안에 누워만 있었다. 종일 라디오를 들으며 천장만 바라보고 누워있는 생활이 지루할 법도 했지만, 지겨운 체육수업에서 벗어났다는 해방감에 몇 달은 충분히 견뎌낼 수 있을 것 같았다.

이따금씩 친구들이 집에 들러 내 급식 빵과 우유를 가져다주기도 했지만 그럴 필요 없으니 대신 먹으라고 했다. 거의 한 달간은 밥도 입에 못 대고 과일만 먹으며 살아야 했기 때문이다. 한 달 뒤 의사선생님의 허락을 받은 후에야 맨 밥에 간이 없는 맨 김을 싸서 겨우 먹을 수 있는 정도가 되었다.

사실 의사선생님이 가장 염려한 점은 내가 먹어서는 안 되는 맵거나 짠 음식을 참지 못하고 몰래 먹는 것이었다. 그러다가 정말 돌이킬 수 없는 큰일이 날 수도 있다고 경고도 했고, 엄마도 내게 그 점을 신신당부하셨다. 심지어 엄마는 내가 몰래 먹을까 염려되어 잠시 외출할 때도 가족들이 먹을 음식은 어딘가에 따로 감춰놓을 정도였다.

하지만 주위의 우려와는 달리 나는 몰래 먹고 싶다는 생각조차 들지 않았다. 그 이유는 다름 아닌 그날 병원에서

"따뜻한 어린 날의 추억,
'문종술' 아버지와 '김정화' 어머니와 함께!"

본 엄마의 눈물 때문이었다. 내가 세상에 없으면 우리 엄마는 정말 슬프겠구나, 엄마가 바라던 내 모습은 결코 공부 잘하는 아이가 아니었구나, 깨닫게 되었다. 큰 목소리로 학급을 통솔하는 리더십 있는 아이도 아니었다. 그저 아프지 않고 무탈하게 엄마 곁을 지킬 수 있는 평범한 아이면 충분했던 것이다. 그것도 모르고 바보같이 나는 심신이 지칠 정도로 혼자 애를 쓰고 있었던 것이다.

시간이 지나면서 다행히 병세가 호전되기 시작했다. 물론 완쾌됐다는 의사선생님의 판정을 받은 후에도 재발 가능성을 조심해야 하는 병이라 엄마에게 난 늘 위태로운 아들이었다. 엄마는 아직 여물지 못한 아들을 하루하루 조심스럽게 불안한 눈길로 바라보았다.

몇 달 후 다시 학교에 등교하게 되었을 땐 모든 것이 달라져 있었다. 한바탕 난리를 겪은 탓에 나는 체육시간으로부터 자유로워졌다. 아무도 내게 달리기나 운동을 권하지 않았고, 홀로 교실에 남아 읽고 싶은 책을 마음 편히 읽으면서 시간을 보낼 수 있었다. 더구나 더 이상 반장도 아니라 목소리를 크게 낼 필요도 없었고 아무도 나를 주목하지 않았다. 그렇게 바뀐 환경이 어찌나 홀가분하던지 마치 다른 세상이 찾아온 것만 같았다.

지난날을 회상하면 이런 생각이 든다. 이 세상 모든 엄마의 사랑과 눈물은 보이지 않는 곳에서 자신만의 꽃 한 송이 피운다고 말이다. 세상 모든 어머니는 존재 자체가 이미 꽃이다. 어린 시절 그 골목길에서 나를 부르던 젊었던 엄마의 음성, 하얀 침대 시트를 적시던 엄마의 눈물이 그날 밤 세상에 작은 꽃 한 송이를 피웠다고 감히 말하고 싶다.

다행히도 엄마에 대한 기억은 지금도 현재진행형이다. 한 학급도 잘 통솔하지 못했던 내가 창업 십칠 년 차 IT기업의 CEO로 직원들을 이끌고 있다는 사실이 엄마의 눈에는 아직도 불안하고 위태로워 보일지 모른다. 아직은 건강하셔서 앞으로도 함께 할 날들이 남아있다는 것이 얼마나 큰 축복인지를 새삼 실감하는 요즘이다. 부모님 계실 때, 시간이 허락할 때 효도하고 잘해드려야 한다고 주위에서 얘기하지만 그렇게 말처럼 쉽지가 않다.

올해 겨울 가장 추웠던 날에 아버지를 먼 곳으로 떠나보내고서야 비로소 그 말의 의미를 깨닫게 되었다. 꽃샘추위가 지나가면 머지않아 봄이 찾아오는 것이 자연의 이치이다. 제주도에는 벌써 유채꽃 소식이 들려온다. 이 비가 그치면 아마도 봄은 더욱 완연해질 것이라 믿는다. 황망한 심경을 다스리고 있을 엄마의 마음에도 어서 따뜻한 바람과 꽃 피는 호시절이 찾아오기를 기대한다.

느이 외할머니도

별을 무척

좋아하셨다

권오분

권오분

시골에서 자라면서 어머니에게 배운 자연과 자연식을 전수 받아 현재 슬로푸드 연구가와 저자로서 활동하고 있다. 자연을 사랑하고 환경을 생각하는 그의 글은 생전에 수필가 피천득과 소설가 박완서가 사랑한 글로 유명하다. 펴낸 책으로는《제비꽃 편지》예쁜 엄마 권오분의 마인드 푸드《소원밥상》《옛날사람처럼 먹어라》등이 있다.

．．．

"두리야. 강에 가서 쌀 좀 씻어 와라. 깨끗하게 씻어야 죽이 구수하니 쌀뜨물 없게 씻어야 한다."

추운 겨울을 빼고는 일상생활이 강물에서 이루어지던 때다. 모처럼 엄마의 심부름을 하는 것이 신이 나서 바가지에 쌀을 한 줌 담아가지고 강가에 쭈그리고 앉아 열심히 씻었다. 깨끗하게 하려고 아무리 박박 문질러도 계속 뿌연 물이 나왔다.

"엄마, 아무리 씻어도 자꾸만 뿌연 물이 나와요."

깨끗이 씻어지지 않는 것이 지루해서 씻기를 멈추고 말았다.

"이를 어쩐다냐. 쌀알이 모두 반토막 싸라기가 되었으

니…."

꾸중을 들은 기억은 없는데 엄마의 난감해하던 표정을 지금도 잊을 수가 없다.

"쌀을 씻어 두었으니 솥에 볶다가 물을 부어 끓이면 된다. 엄마가 하는 걸 보았으니 할 수 있겠지?"

나는 엄마의 칭찬도 듣고 싶고, 정말 맛있다는 말도 듣고 싶어서 부뚜막에 올라앉아 열심히 쌀을 볶았다. 왠지 많이 볶으면 훨씬 고소하고 더 맛이 있을 것 같아서 노랗게 되도록 볶았다. 고소한 냄새가 얼마나 좋은지 나는 가슴이 벅찼다. 물을 한 바가지 부으니 치지직 하는 소리가 너무 맛있게 들렸다. 불을 더 때서 끓인 것을 엄마에게 가져다 드렸다. 엄마의 눈에서 눈물이 나는 걸 보았다.

내가 초등학교에 입학하기 전쯤이 아니었을까 생각하는 건 나를 '두리'라고 불렀던 것이 기억나기 때문이다. 딸만 많이 낳으니 사방을 두리번거려서 아들을 점지해 오라고 이름을 '두리'라고 지었다고 했다. 이름 때문이었을까? 내 밑으로 아들을 낳았고 덕분에 아들을 점지해 온 아이라고 동네 귀여움까지 받고 자랐지만, 남동생은 홍역을 앓다가 그만 하늘나라로 떠났다. 나는 초등학교에 입학하면서 항

렬을 따라 지금의 '오분'이라는 이름으로 불리게 되었다.

　몇 날이 지났을까. 시집 간 언니들이 엄마가 아프시다는 기별을 듣고 찾아왔다. 엄마는 언니들에게 반 토막 쌀 이야기와 볶은 쌀 이야기를 하셨다. 엄마는 많이 아픈 상태였고 도무지 움직일 기력을 찾을 수가 없어서 미음이라도 먹고 싶어 나에게 부탁을 하신 것이었다. 마당비처럼 키만 컸지 어린앤데 어떻게 죽을 끓일 수 있었겠느냐는 언니의 말은 분명 칭찬은 아니었던 거다.

　쌀을 너무 볶으면 죽이 구수할 수가 없고 튀밥에 물을 넣는 것과 같아서 멀거니 맛이 없다는 이야기를 들었지만 그 실상을 깨달은 것은 결혼을 한 뒤였으니 정작 엄마와 그 때의 죽 이야기를 해 본 적은 없었던 것 같다.

　아이를 낳아 기르면서 아이들이 어이없는 행동을 할 때마다 내 어린 날을 생각하며, 무조건 이해를 하려고 노력한다. 어른과 아이의 세계가 다르다는 것을, 나름대로 잘하려고 애썼던 내 어린 날을 함께 떠올리며 말이다.

　이 세상의 모든 딸들이 그러하듯이 엄마를 생각하면 애처롭고, 가슴 아프고, 기막힌 일들이 셀 수 없이 많다. 돌아

"그리움 속에 살고 있는 우리 엄마 '김간난' 여사."

가신 지 삼십오 년이 된 지금도 눈시울이 뜨거워지지만 그 것이 꼭 아픔 때문만은 아닌 것 같다.

나에게는 엄마가 특별한 존재이듯, 엄마에게는 외할머니 가 특별한 존재였을 것이다. 낮에 쌀을 씻던 강가에서 한낮 의 뜨거운 햇빛에 달궈진 돌멩이들을 편편하게 정리하고, 따뜻한 돌장판(?) 위에 누워 밤하늘의 별을 보며 은하수의 견우와 직녀 이야기를 해주시던 엄마가 생각난다.

엄마는 달빛이 밝은 날이면 미루나무가 훤칠하게 키 재 기를 하고 있는 신작로를 아무 말도 없이 내 손을 잡고 걷 기만 하셨는데, 그런 날들이 모두 외할머니가 그리워 견딜 수 없는 날들이었던 것 같다. 내게는 단지 아름다운 추억으 로만 기억될 뿐인데. 이리저리 생각하고 따져보면 엄마 나 이가 사십 대 초반이셨을 때도 외할머니 이야기를 끊임없 이 하셨다.

엄마는 종종 어릴 적 이야기를 자주 하셨다. 어느 날은 소나기를 흠뻑 맞고 온몸이 젖은 채 뛰어가는 데, 저 건너 신작로 가운데 무지개가 떴다고 소리치며 좋아하셨다고 한다. 그때 외할머니도 무지개를 함께 보며 좋아하셨다고 아련하게 떠올리던 엄마의 표정이 생각난다. 밤하늘의 별을 보면 "느이 외할머니도 별을 무척 좋아하셨다" 말하시고, 보름달이 뜨면 "외할머니도 달을 엄청 좋아하셨단다"라고 말하셨다.

고운비가 내리거나, 뻐꾸기 울음소리가 들리거나, 진달래꽃이 피면, 늘 엄마는 외할머니 이야기를 하셨다. 엄마가 수없이 말했던 '외할머니'란 단어는 지금의 내가 그렇듯이 엄마의 엄마에 대한 아픈 그리움이었을 것이다.

결혼 전 남편에게, 우리 집은 아들이 없어서 내가 친정어머니를 모셔야 한다고 말했다. 효도를 하겠다는 기특한 생각으로 엄마를 모셨는데, 살림도 육아도 서툴기 짝이 없는 나의 모자람 때문에 엄마는 늘 외손자를 등에 업고 사셨다. 아들 대신 손자라도 업어보는 게 좋기만 하다고 하시면서 살림도 손자손녀를 보는 일도 외면하지 못하고 사신 거다.

그러던 어느 날, 엄마가 갑자기 쓰러지셨다. 코앞에 있는 의료원 응급실로 실려갔지만 주사 한번 맞을 새도 없이 돌아가시고 말았다. 그렇게 허망하게 고생만 하다 가신 셈이다. 아기를 보는 일만으로도 과로사가 된다는 걸 왜 나는 알지 못했을까. 다른 사람의 처지는 잘만 헤아리고 살던 내가 정작 엄마의 과로에는 무지한 채, 손자를 귀여워하시는 걸로만 받아들였다니 천 번을 생각해도 이해가 가질 않는다. 어릴 적 죽을 끓일 때와 똑같은 실수를 하고 말았던 것이다.

고운비가 내려도, 별을 보아도, 달이 떠도, 진달래꽃이 피어도, 뻐꾸기 울음소릴 들어도 그냥 눈물이 난다. 삼라만상 모든 자연의 현상 속에 엄마의 모습이 떠오르고 엄마의 목소리가 생각이 난다. 육십여 년 전의 일들이 엊그제 같다.

화 사 한

봄 꽃 같 은

그 이 름

김 혜 경

김혜경

이남 이녀 중 둘째로 태어난 저자는 어머니에게 늘 여성의 지혜로움과 슬기로움을
배웠다고 한다. 아이 둘을 키우고 있으며, 자식 키우는 어려움에 직면했을 때마다 자
신의 어머니를 떠올리곤 했다. 해동불교신문 기자와 KBS 예능국 구성작가로 일했다.

· · ·

　겨울 먼지 신산하게 뒤집어쓰고 있던 수선화 화분에서 앙증맞은 연둣빛 싹 하나 봉긋 올라온다. 채 꽃샘추위 떨치지도 못했는데, 사지에서 이기고 돌아온 승자의 모습으로 주변을 이내 환하게 밝힌다. 이 작은 싹 하나 밀어 올리기 위해 겨울 삼동 칼바람, 언 심장을 맨 몸으로 고스란히 받아내었을 저간의 사정을 헤아리니 그냥 얻어지는 생명은 없는 것이다.

　늦추위가 사납던 생일 아침에 친정아버께 전화를 드렸다. 삶의 어느 한때가 충만하거나 기쁘고 행복한 순간도 물론이지만, 삼백예순다섯 날 중 특별히 나를 위해 존재하는 듯 생일만큼은 내 생명의 근원이 되어주신 부모님에 대한 마음이 더 각별하고 애잔해진다.

"아버지 둘째 딸 이제 오십이네요."

막상 입으로 뱉고 보니 오십이라는 시간이 터무니없이 낯설다. 나 자신에게도 이물감이 들었지만, 십육 년째 아내 없이 홀로 살아내신 아버지 마음을 꽤나 당황스럽고 심란하게 만들고 만 것 같아 울컥했다. 지구촌이 요란했던 밀레니엄 새천년 봄에 육십하나 생신도 못 지낸 엄마를 잃고, 지금껏 한 번도 엄마에 대한 마음을 제대로 정리하지 못하고 있었단 자각이 동시에 들었다.

사실, 나이를 먹을수록 거울 속 내 모습에서 내 마음 구석구석 혹은 내 일상의 밥 한 끼에서, 심지어 내 아이들과 주고받는 대화 속에서 엄마는 불쑥불쑥 나타나셨으니 특별히 정리한다는 것 자체가 어불성설이다.

세상의 모든 '엄마'라는 이름은 끝없는 희생과 헌신 혹은 고단하고 신산한 일생들로 회자된다. 하지만 내 엄마 '손말분 여사'는 '천생 여자'라는 따스하고 화사한 봄꽃 같은 이름으로 불러드리고 싶다.

엄마는 종가 장손 외며느리로 시집와서 사 남매 낳아 기르시고, 시부모 모시고 집안 대소사 챙기며 한 시대를 살아내셨다. 엄마에게 고단하고 신산하다는 단어만큼 적절한 말도 없을 테지만 그 속에서도 늘 다투어 피는 봄꽃처럼 화사한 사랑으로 반짝반짝 빛나는 분이셨다.

내 기억속의 엄마는 집안 대소사에 넘치는 일거리들로 고단하여 늘 아픈 날이 많았다. 그럼에도 옥양목 이불 홑청을 다듬이질 할 때나, 한 달 전부터 아궁이 불 지펴가며 조청이며 유과며 두부를 만드는 명절 대목에도 늘 팍팍한 노동을 잊게 해주는 노래를 불렀다.

엄마에겐 한순간도 노래가 떠난 적이 없었고 비 오는 날 일을 못할 때는 아버지랑 사 남매 도란도란 앉혀놓고 가족 노래자랑을 열기도 했다. 덕분에 우리 사 남매는 지금도 그 시절 엄마의 날개였던 이미자, 조미미, 하춘화, 나훈아, 남진 등의 웬만한 노래들은 자다가도 부를 수 있고 그들의 신곡도 전주만 시작되면 따라 부를 만큼 트롯의 스타일까지 터득할 지경이 되었다. 삶의 그늘이 시릴수록 그 노래들은 엄마가 견뎌내는 양지 녘 햇살이 되어주었다.

지금의 아이돌 스타 못지않은 은방울 자매가 처녀 적 엄

"내 기억 속 가장 따뜻한 이름, '손말분' 엄마, '김영호' 아빠."

마 꿈이기도 했으니, 지엄한 외할아버지의 곰방대가 아니었다면 지금쯤 한국 가요사 어느 한편에서 엄마의 이름을 발견했을지도 모를 일이다.

엄마의 일상을 위무해주는 것이 노래였다면 엄마 삶의 원천은 가문에 대한 자부심이었다. 몇 년 전 세계문화유산에도 등재된 경주 양동마을 양동 손씨 가문이다. 예의범절이며 살림하는 법은 어린 내게도 귀에 못이 박힐 정도였다. 제상 차리는 법이며 음식 하는 방법들을 배우면서 장남과 결혼해서 현모양처가 되는 것이 당연한 나의 미래라고 여길 정도였다. 모든 면에서 빈틈없고 완벽하려는 엄마의 자존심은 훗날 엄마의 건강을 해치게 된 요인이 되기도 했다.

매년 방학이면 나와 언니는 일주일씩 외가에 다녀오곤 했는데, 기차에 오를 때마다 엄마는 같은 다짐을 요구하곤 하셨다.

"어른들이 할머니가 엄마한테 잘해주시냐고 물으면 꼭 잘해주신다"고 대답하라는 것이다. 어린 내 눈에도 엄마에게만큼은 한없이 차갑고 매운 시집살이를 시키는 할머니였다. 얼마간은 부당함도 느꼈지만 뼈대 있는 외가에 자존심 상하게 하고 싶지 않은 마음일 거라고만 생각했다.

놀라운 것은 최근에 있었던 외사촌들 모임에서 50년 만에 처음으로 가문의 상징이셨던 외할아버지가 다섯의 여자를 두고 그 많던 재산을 평생 탕진하신 까닭에 언니 오빠들이 두고두고 할아버지를 원망하며 살고 있다는 사실이다. 막내 딸 이었던 엄마는 단 한 번도 그런 내색을 한 적이 없으니 경주 김씨 왕손의 혈통이었던 우리 남매들은 늘 양동 손씨 양반보다 한 수 아래 일 수 있다는 긴장감으로 팽팽하기만 했다.

그 속에서 누구보다 무너지고 싶지 않았을 엄마의 안간힘을 이제 사 짐작해 보는 것이다.

집성촌의 보수적인 동네에서 유순하게만 살아오신 아버지와의 결혼생활은 애살 많은 엄마에겐 늘 2프로 부족한 날들이었을 것이다. 두 분은 하루해가 저물 무렵이면 자주 티격태격하셨다. 다툼의 소재들은 주로 엄마가 마늘을 깔 때 아버지도 여자 일이라 여기지 말고 도와주면 얼마나 좋겠냐, 외출했다 돌아올 때 함께 걸으면 좋을 것을 꼭 다섯 발 앞서 남처럼 앞서 가버린다는 등 사소하기 짝이 없는 일들이었지만, 잔소리가 심해지면 끝내 아버지의 큰소리로 판이 커졌다.

우리는 무뚝뚝한 아버지가 조금만 노력하시면 아무 일도 아닌데 엄마 슬프게 한다고 엄마 편을 들었다. 자고 나면 아침엔 언제 그랬냐는 듯 사랑방 아궁이에 불을 지피면서 아버지와 도란도란 이야기를 나누고 있는 엄마를 보면서 이상한 배신감이 들기도 했다. 엄마는 그 시절엔 흔치않은 자상한 남편의 관심을 원하시던 거였다.

엄마의 오랜 병력이 끝내는 중병으로 깊어져 치료 불가의 육 개월 남짓한 폐암 말기 판정을 받았을 때 사 남매 중 막내는 미혼이었다.

"내가 낳은 자식 내 손으로 끈은 다 지어주고 가야지."

엄마의 의지는 그 후 이 년 칠 개월을 더 살다 가시는 기적을 이루었고 막내 결혼식이 끝나자마자 백일 가까이 병원 생활을 지내셨다. 마지막을 의식하면서 늘 엄마의 관심은 "니네 아버지는 혼자 못 사신다"였다. 간병인 아줌마도 유심히 살펴보고 주변에 혼자인 아줌마 얘기도 하면서 혼자 남겨질 아버지의 남은 동반자를 챙기시는 것이었다. 당시 아버지 연세 꽃 같은 육십이었다. 사랑은 책임이구나. 엄마가 이생에서 남긴 생명들 알토란 같이 짝 지우고 엄마가 못다 챙긴 아버지 남은 여생 촛불처럼 잦아드는 마지막까지 책임지려 하시는구나.

며칠 있으면 엄마의 열여섯 번째 기일이다. 엄마 살아생전 연례행사로 봄이면 햇쑥으로 떡을 해 자식들 집으로 보내고, 설 명절이면 조청 만들고, 가래떡 뽑아 봉지 봉지 담아서 보내던 일을 지금은 아버지가 하신다.

무뚝뚝하셔서 늘 엄마 애를 태우시던 아버지가 엄마가 안 계신 지금은 한 번도 빼먹지 않고 엄마의 기쁨을 이어 오고 계신 것이다. 사랑은 칼바람에 언 심장을 녹이고 연둣빛 새 싹으로 주변을 환하게 밝히는 것이다. 엄마 없는 세상을 다시 살아가게 하는 것이다. 노오란 등불 켜는 수선화처럼.

전　쟁　과　　평　화

육　　현　　주

육현주

지역사회복지에 힘쓰는 따뜻한 활동가다. 청소년과 다문화 가정을 위한 멘토링 봉사
활동을 꾸준히 해왔다. 중국어 통역 안내사로 인천 아시안 게임을 대비하여 시민서
포터즈들을 위한 중국어 교육을 하기도 했다. 재외동포재단 홍보위원 및 취재작가로
함께 활동했다. 현재 자치통감 커뮤니케이션 교육서비스팀 대표로 있으며 중국어와
인문학 강의를 하고 있다.

지이잉, 지이잉….

이른 아침 한참을 울어대는 진동소리에 가슴이 철렁 내려앉는다. 끝까지 모른 체하고 싶은 심정이다.

"안 되겠다. 어머니 잠시 모시고 갔다가 진정되면 그때 다시…."

엄마와 오빠가 지내는 요양원 원장의 음성이 전선 저편에서 무겁게 건너온다. 밤새 엄마는 잠도 자지 않고, 오빠에게 요양원에서 나가자고 성화를 부렸단다. 오빠를 꼬집어 뜯고 악담을 하면서 괴롭혔다고. 그러다 결국 당신 뜻대로 안 되니까 이른 아침 119에 전화해 자신이 감금되어있으니 구출하러 오라고 신고를 했다고 한다. 나는 서둘러 차를 몰아 요양원으로 향했다. 시야를 뿌옇게 가리는 눈물 때문에 몇 번이나 차가 휘청한다.

엄마가 돌아가신 지 어느새 2년이 흘렀다. 그러나 아직도 난 아침 일찍 울리는 전화소리에 화들짝 놀라곤 한다. 그날 그때 그 기억이 자꾸만 반복되어 나를 괴롭히기 때문이다.

2013년 겨울, 엄마는 심장 수술을 받으려 준비하고 있었다. 그러던 중 쇼크가 왔는지 상태가 심상치 않았다. 한 달 여를 입원하며 수술을 기다렸으나, 몸의 호르몬 균형이 맞지 않아 애를 먹었다. 수술을 하더라도 신장 투석으로 연명해야 하는 상황에 이르렀고, 결국 수술을 포기하고 퇴원해야만 했다.

엄마는 퇴원을 하면서 내 신세를 질 수는 없다며, 오빠와 함께 지낼 수 있는 요양원을 알아봐달라고 부탁했다. 어쩔 도리가 없어 선배가 운영하는 요양원에 모셨다. 그나마 시름을 더는 듯했다. 엄마는 처음 일주일은 모든 게 편하고 모두들 잘해준다며 좋아했다. 그러나 이 주에서 삼 주 정도 지나자 요양원에서 나가겠다고 고집을 부렸다. 묵비권을 행사하다가 단식 투쟁을 하고, 싸움을 벌이기도 했다. 결국 요양원과 집을 왔다갔다하기를 여러 차례 반복했다.

　잠시 집으로 와있던 어느 날, 엄마는 베란다 창문을 닦으라며 패악을 부렸다. 엄마의 성화에 의자를 놓고 난간에 매달려 물질을 하고 마른걸레질을 했다. 그러나 엄마는 닦아도 닦아도 깨끗하지 않다며 화를 냈다. 마치 당신의 얼룩을 빡빡 지워내려는 듯, 여린 몸을 휘청거리며 직접 밀대질을 해댔다. 나는 그런 풍경이 낯설고 섫어서 창을 붙잡고 목 놓아 울었다. '엄마가 외로웠구나, 외로웠구나…'. 절절한 고독이 전이되어 가슴이 메어왔다.

　평생 눈 한번 흘겨본 적이 없던 엄마는 어느 순간부터 나를 쏘아보고 미워하기 시작했다. 한 가지 생각에 꽂히면 집요하게 사람을 괴롭혔다. 어느 날에는 요양원에 대형 가죽소파 두 세트를 사달라고 떼썼다. 결국 원하는 대로 가죽소파를 사드렸다. 그러고 나니 이제는 방마다 소형 냉장고를 넣어달라고 억지를 부렸다. 나중에 알고 보니 같이 지내는 노인들이 자식의 부를 과시하며 유세를 떨었던 모양이다. 그게 눈꼴사납고 심기가 언짢아 당신도 뭔가로 과시하고 싶었던 것이다.

나는 변해가는 엄마의 모습들을 직접 보면서도 그 사실을 인정하고 싶지 않았다. 자식에게 폐 끼치는 것을 극도로 싫어하던 양반이 그럴 수는 없었다. 알츠하이머로 진단이 나오고 나서야 엄마의 모든 행동을 이해하고 인정할 수 있었다. 엄마를 봐왔던 주변 사람들은 큰 충격을 받았고 진심으로 안타까워했다.

얼마 전 옷장을 정리하다가 엄마가 평소에 스크랩해 모아두었던 사진과 그림들을 발견했다. 엄마와 함께 좋아했던 오드리 헵번의 사진을 보자 나는 그만 울컥 눈물이 터져버렸다. 그리고 '추억'이라는 이름의 전차를 타고 하염없이 달렸다.

엄마와의 나들이는 언제나 설렘으로 가득하다. 화사한 봄날의 미풍이 뺨을 간지럽힌다. 치마가 한없이 나풀거린다. 힐끔힐끔 엄마를 바라보는 사람들의 시선이 느껴진다. 뭔지 모를 우쭐함에 나는 세상에서 제일 예쁜 엄마의 손을 더욱 꼭 잡는다.

"전쟁과 평화, 국제극장."

입장권을 산 엄마는 극장 앞에 붙은 영화 포스터를 가리

키며, 글자를 읽어준다. 엄마만큼 예쁜 아줌마가 어떤 남자의 품에 안겨있는 모습은 나의 호기심을 자극하기에 충분했다. 깜깜한 극장 안, 하얀 드레스를 입고 사슴 같은 눈망울을 한 나타샤가 나타난다. 뭇 남성들의 시선을 한 몸에 받으며 춤을 추는 나타샤. 빙글빙글 돌아가는 장면에서 가슴이 콩닥콩닥 뛰기 시작한다. 달콤한 꿈은 잠시, 전쟁터에서 뛰어다니던 말과 아비규환의 신음소리들이 귓가에 어지러이 떠다닌다. 비현실적이게 청초하고 예쁜 오드리 햅번.

그러나 그날 가장 잊을 수 없던 명장면은 영화가 아닌 다른 곳에 있었다. 숨 죽여 한 장면 한 장면 몰입하며 보던 엄마의 눈에 맺힌 눈물. 나는 그 장면이 뇌리에 선명하게 박혀 지워지지 않았다. 나중에 어른이 되고 세상을 배우고 나서야 엄마의 눈물을 이해하게 되었다. 그 눈물은 날이 갈수록 많아졌고, 내 우울의 강도 또한 높아졌다. 역사의 소용돌이 속에서 좌절과 극복을 거듭하며 삶을 숭고하게 바친 가녀린 나타샤가 바로 내 앞에 있었던 것이다.

한국전쟁은 한 여인의 인생을 송두리째 바꿔놓았다. 외동딸로 세상 부러울 것 하나 없이 귀여움을 독차지하던 엄마는 동경에서 유학 중인 오빠들을 찾아 혈혈단신으로 피난을 떠났다. 부산으로 배를 타러 가던 길에 경주에 잠시 머물렀고, 개성의전 약학부 대학생이었던 엄마는 어느 약국의 사정을 며칠 봐주었다. 엄마는 끝내 바다를 건너지 못했다. 약국 사장님의 조카였던 청년의 목숨을 건 구애에 결국 결혼까지 하게 되었기 때문이다. 그렇게 엄마는 지방 유지의 종손인 아빠를 만났고 아들을 낳았다. 그러나 태어난 지 얼마 안 되어 아기는 열병을 앓다 뇌병변 장애를 갖게 되었다. 엄마는 온몸으로 아픔을 끌어안아야 했지만, 집안 어른들의 이해로 둘째 딸도 낳고 그럭저럭 잘 살았다. 그러던 어느 날, 가족처럼 지내던 이웃에게 큰돈을 빌려줬다 그들이 야반도주를 해버리는 사건이 발생했다.

도망 간 사람을 대구에서 봤다는 소리를 들은 엄마는 어린 딸은 남겨두고 아픈 아들만 데리고 무작정 대구로 향했다. 혹시 아들의 몸을 고칠 수는 없는지, 빚쟁이를 찾을 수는 없는지, 엄마의 헛된 염원은 또 다른 운명을 만들었다. 병신 아들을 낳았는데 집까지 날렸다는 죄명으로 이혼을 당한 것이다. 운명의 여신은 그냥 봐주지 않았고 엄마를 다시 옭아맸다. 귀신이 씌었다는 표현 외에는 설명이 안 된다

"내 인생에서 가장 용감한 영웅, '서정희' 엄마."

고, 훗날 엄마는 내게 말했다. 뜻하지 않은 불미스러운 사고로 혼외자식인 나를 낳고 평생을 숨죽이며 살아야 했던 여인.

엄마는 여린 여인이었으나, 과연 강했다. 어떤 상황에서도 세상을 원망하지 않았고, 사람을 미워하지 않았다. 여자 혼자 헤쳐 나가는 삶은 몹시 처절하고 척박했을 텐데 엄마는 잘 이겨냈다. 긍정의 힘으로 감사하는 삶을 살아냈다. 덕분에 나는 어려움 없이 평화롭고 행복한 유년을 보냈다. 눈을 뜨면 〈솔베이지송〉 음악이 잔잔히 흐르고, 칙칙 돌아가는 압력솥 앞에 쭈그리고 앉아 책을 읽고 있는 엄마가 보였다. 나는 그 따뜻한 풍경에 안도하며 스르르 다시 눈을 감고 잠에 들곤 했다.

엄마는 문학과 예술이 인간의 삶을 얼마나 풍요롭게 하는지 잘 알고 있었다. 장애를 갖고 있는 오빠를 학교에 보내지 않았지만, 학교에선 배울 수 없는 가치들을 더 많이 가르쳐주었다. 엄마는 음악과 문학, 예술을 사랑하는 법을 오빠에게 알려주었다. 오빠는 비록 사지가 불편하고 말하는 게 힘든 사람이었지만, 영민하게 자라났다.

엄마는 신문이나 잡지 등에 실린 그림들을 스크랩하여 액

자로 꾸며 집 안 곳곳을 갤러리처럼 만들었다. 우리는 자연스럽게 르누아르, 고흐, 세잔, 미로, 고갱을 만났다. 우리 형제들에게 물질의 풍요보다는 정신적 가치에 마음을 쓰게 했고, 책을 사거나 화집을 사는 일에는 돈을 아끼지 않았다.

그랬던 엄마였다. 그러나 엄마의 마지막 삼 개월은 매일이 전쟁과 평화가 공존하는 삶이었다. 엄마는 '과거'의 자신과 치열하게 일전을 벌였다. 처음으로 내게 험한 말을 쏟아내며 당신의 분노를 토해냈다. 나는 잠시 정신이 돌아왔을 때 당신의 행동을 후회할 엄마가 가엾어서 울었다. 지금 생각하면 그렇게라도 당신의 분노를 쏟아놓은 게 얼마나 다행인지… 살아오면서 알게 모르게 엄마에게 못되게 굴었던 것에 면죄부를 주는 듯했다.

엄마는 의사선생님께 내게 포악을 떨어 너무나 미안하다며 고백을 했다. 엄마의 눈빛은 다시 돌아왔고, 엄마는 본래의 품위를 찾았다. 그러고는 더 추한 모습을 보이지 않겠다며 곡기를 끊었다. 엄마는 스스로 죽음을 선택한 거나 다름없었다. 나를 더 이상 괴롭히지 않겠다는 결연이었다. 나는 많이 슬퍼하지 않으려고 애썼다. 엄마가 이승에서의

전쟁을 끝내고 저 생으로 평화를 누리러 여행길을 떠났구
나 생각하려고 스스로를 다독였다.

엄마가 한창 나이 세상과 전쟁을 벌였던 순간들이 내게
는 가장 평화로운 빛으로 채색되어있다. 내가 누린 평화는
엄마의 전공(戰功)을 담보로 했던 시간이었던 걸까. 그러나
그렇게만 생각하고 싶지는 않다. 전쟁 중에도 음악은 계속
되고 사랑은 존재했다. 그렇지 않았다면 엄마의 미소가 그
렇게 고울 리 없었을 것이다. 책을 읽는 순간만큼 엄마는
더 이상 혼자가 아니라고 했다. 엄마는 고독할지언정 외롭
지 않았고, 혼자서도 행복해지는 법을 이미 알고 있었다.

그리운 이름, 엄마.

엄마, 사랑해….

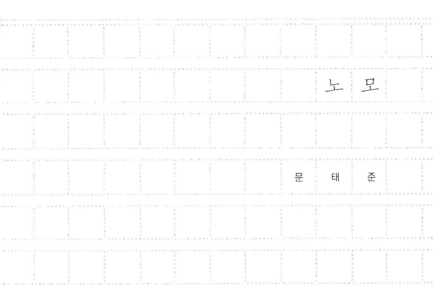

노 모

문 태 준

출처 : 문태준《느림보 마음》중에서

문태준

한국의 대표 서정시인 문태준은 고려대 국문과와 동국대 대학원 국문과를 졸업했다. 1994년 《문예중앙》 신인문학상에 시 〈처서(處暑)〉 외 9편이 당선되어 작품활동을 시작했다. 시집 《수런거리는 뒤란》《맨발》《가재미》《그늘의 발달》《먼 곳》《우리들의 마지막 얼굴》, 산문집 《느림보 마음》, 시 해설집 《어느 가슴엔들 시가 꽃피지 않으랴 2》《우리 가슴에 꽃핀 세계의 명시 1》《가만히 사랑을 바라보다》 등이 있다. 노작문학상, 유심작품상, 미당문학상, 소월시문학상, 서정시학작품상 등을 수상했다.

　가끔 시골집엘 가면 나는 고샅을 돌아 멀리 논두렁길이
며 기찻길, 더 멀리는 찬 저수지까지 산책을 한다. 그럴 때
물오리 어미와 새끼들, 포도나무 밭, 비틀거리는 걸음걸이
로 밭에서 돌아오는 촌부를 만난다.

　하지만 그 가운데 등뼈 같은 풍경은 염소 떼를 보는 일이
다. 풀을 뜯고 있는 한 가족의 염소 떼와 눈이 마주치는 일
이다. 사람이 염소보다 여러모로 우위에 있지만, 짐승과 딱
손뼉 치듯 마주쳤을 때는 어떤 섬뜩함이 있다. 그런데 염소
가 기특한 것은 방어 심리에 있다. 낯선 사람이 다가가면
대개 무리 가운데 암컷이 뿔을 세우고 뒷발로 땅을 긁어내
면서 위협을 한다. 혹시 내가 그네들을 해치지 않을까, 눈

을 부릅뜨는 것이다. 나는 내 어머니를 생각하면 '눈을 부릅뜬 암컷 염소'가 단박에 떠오른다.

송글송글 떼 지어 다니는 송사리 떼처럼 다섯 명의 아이를 둔 내 어머니는 아버지를 좀 낭만적으로 만나기는 한 것 같다. 내 외삼촌이 시골 이발사였는데, 이발관에서 일을 돕던 내 어머니에게 아버지가 연애편지를 몰래 전달해 사랑이 피어났다고 한다. 그러나 결혼생활과 자식을 길러내느라 이제 내 어머니는 돌부처처럼 눈도 코도 닳아 내려앉았다. 아버지와 어머니는 천수답 두 마지기로 결혼생활을 시작했다.

내 어릴 적 풍경에는 '어머니의 혀'가 하나 있다. 나는 오글오글 몰려다니며 놀다 눈에 검불이 들어간 적이 한두 번이 아니었다. 그때 어머니는 바가지 물로 입을 헹궈 내시고 당신의 가장 부드러운 살인 혀로 내 눈을 핥아주셨다. 나는 '보은'을 생각하는데 격절한 것이 있지만, 내 어머니를 생각하면 당신의 그 혀를 생각하지 않을 수 없다.

또 하나 사무치는 풍경은 어머니가 연초 공장을 다니시

"〈예술가의 장한 어머니상〉을 수상하셨던
자랑스러운 '김점순' 어머니와 '문광호' 아버지."

던 때의 일이다. 집에서 20리쯤 떨어진 길을 걸어가서 낮 동안 일을 하다 다시 20리 떨어진 집으로 돌아오시던 그 모습이며 물컹하게 젖은 골목길을 잊을 수가 없다. 어머니 의 몸에서 나던, 가죽나물보다 더 독한 담배 냄새를 잊을 수 없다. 누이가 더 어린 누이를 업고 어머니가 돌아오시기 만을 기다리던 그 쓸쓸한 저녁의 풍경은 아직도 나에게 깊 은 그늘처럼 드리워져 있다.

마지막 풍경은 찬비가 겨처럼 우수수 지던 겨울밤 풍경 이다. 쇠죽이 끓는 정지에서 게으른 아들의 종아리를 매질 하던 모진 어머니의 모습이 있다. 캄캄한 어둠의 뒤란에서 밤늦도록 찬비를 맞으며 서있어야 했던 내 어릴 적 모습이 가끔 생각난다.

이제 어머니는 이 빠진 그릇처럼 여기도 아프고 저기도 아프다고 한다. 어머니를 보면 한 채의 앉은뱅이 집을 보는 것 같다. 아귀 같은 세월을 살아오면서 벼락도 맞고 늦눈보 라도 맞아 이제 어머니는 별로 성성한 곳이 없다. 층층시하 자식을 두었지만 어머니의 품은 갈대의 품처럼 거칠고 삭

막하기 그지없다. 다리는 사슴보다 여위었고, 살갗은 옻처럼 검어졌다. 어머니는 어느새 조백했다. 한 꿰미의 북어를 사 들고 기뻐 돌아오던 어머니의 환한 미소는 어디로 갔을까.

물고기가 물을 떠날 수 없듯이 나는 내 어머니의 품을 떠날 수 없다는 것을 안다. 감꽃 져 내리던 날, 텅 빈 마루에 홀로 넋을 놓고 계시던 내 어머니의 젊은 시절도 떠나보낼 수가 없다. 아마 오늘 이 낮에도 어머니는 들일을 마치고 와 가쁜 숨을 내려놓으며 마루 한구석에 기대어 앉아 있을 것이다.

흰떡을 좋아하시는 내 어머니, 한 시루의 흰떡을 쪄 젊은 내 어머니에게 그리고 이제는 조백한 내 어머니에게 나는 돌아가야겠다. 세상 어디에도 없을 그 나무 그늘에게로 더 늦기 전에 돌아가야겠다.

어머니는 한 번도 그럴 용기를 내지 못했기 때문에,

내가 당신의 날개가 되어주기를,

그래서 날아갈 수 있기를 바라셨다.

나는 어머니를 사랑한다.

어머니가 당신의 날개를 낳으려고 했다는 사실을

사랑한다.

– 에리카 종

사랑해요 엄마

copyright © 2016 마음의숲

지은이 오정희 · 김용택 외 20명

1판 1쇄 발행 2016년 4월 25일
1판 2쇄 발행 2016년 5월 10일

발행인 신혜경
발행처 마음의숲

대표 권대웅
편집 송희영, 김보람
디자인 고광표
마케팅 노근수, 황환정

출판등록 2006년 8월 1일(105 - 91 - 03955)
주소 서울시 마포구 동교로 144 - 13(서교동 436-32, 2층)
전화 (02) 322-3164~5 | **팩스** (02) 322-3166
페이스북 facebook.com/maumsup
ISBN 979 - 11 - 87119 - 72 - 2 (03810)

마음의숲에서 단행본 원고를 기다립니다.
따뜻하고 생동감 넘치는 여러분의 글을 maumsup@naver.com으로 보내주세요.

이 도서의 국립중앙도서관 출판시도서목록(CIP)은 e-CIP홈페이지(http://www.nl.go.kr/ecip)와
국가자료공동목록시스템(http://www.nl.go.kr/kolisnet)에서 이용하실 수 있습니다.
(CIP제어번호: CIP2016009576)